늘 참영혼이면 좋겠습니다

늘 참영혼이면 좋겠습니다

초판 1쇄 인쇄 | 2005. 7. 29
초판 2쇄 발행 | 2007. 8. 7
지은이 | 서정 스님
사   진 | 이유경
펴낸이 | 박옥희
펴낸곳 | 도서출판 인디북
등록일자 | 2000. 6. 22
등록번호 | 제 10-1993호
주   소 | 서울시 마포구 용강동 469 2층
전   화 | 02)3273-6895~6 팩   스 | 02)3273-6897
홈페이지 | www.indebook.com
ISBN 89-5856-064-9   03810

* 잘못 만들어진 책은 구입처나 본사에서 교환해 드립니다.

늘 참영혼이면
좋겠습니다

서정 스님 지음 | 이유경 사진

얀디북

늘 참영혼이면 좋겠습니다

一
차
례
一

바로 이때입니다

가끔씩
손가락 사이에 연필을 꽂고는 뭔가를 기록하기 위해 턱을 괴고
책을 읽고 있는 저를 보면

"히야, 진짜 멋있다." 하는 생각이 듭니다.

사랑도
공부도
삶도 모두 때가 있다고 생각합니다.

진짜 멋있는 때는
'바로 이때' 입니다.

바로 이때
사랑도
공부도
삶도 모두 진짜 멋있는 때입니다.

그렇게
살고 싶어도 살지 못하고 간
수많은 생명을 모아

우리가 '바로 이때' 나누어 살고 있는 것입니다.

돌려주어야 합니다.

산 자나 죽은 자나 함께 살아갑니다.
삶 속에서
또 다른 삶 뒤의 삶에서

산 자나 죽은 자나 '바로 이때'
사랑하고
공부하고
살아가야 합니다.

믿음의 모습

믿음을 가지는 데는 반드시 알아온 앞선 시간의 모습이 보이기 마련입니다.
살아가는 모습
걱정하는 대상
소망하는 정도를 보면 앞선 시간의 모습이 분명히 나타나 있습니다.

다가올 시간의 모습도 모두 나타나 있다고 할 수 있습니다.
여러분 자신의 모습은 당장의 모습만이 아닌
과거 현재 미래의 세 시간을 모두 함께 보이는 거울입니다.

"어떻게 할 것인가?"에 대해 진지하게 생각해 볼 필요가 있습니다.

어떻게 하시겠습니까?
이 삶의 모습은 지나간 시간 속에서 정확히 입력된 대로 시곗바늘이 시간을 가리키듯
앞선 시간 속에 이루어진
본인의 의도와 가치만큼이 이번 삶의 시곗바늘로 공간을 움직이고 있는 것입니다.

본인 자신의 의도와 가치는 이 공간세계에 정확히 입력되어 가고 있습니다.
시계가 가다 멎으면 태엽을 감아 다시 시계를 가게 하듯

이번 삶도 가다 멎으면 반드시 현재 본인의 의도와 가치만큼 태엽을 감아
다가올 삶의 공을 가게 하는 것입니다.

살아가는 데에
반듯한 정도는 결코 없습니다.

무엇을 기준하여 삶이라고 단정 지을 수 없기 때문입니다.

그러나,
현재 스스로 느끼는 부족한 삶의 형태와 모습은
앞선 삶에서 감았던 본인 자신의 의도와 가치만큼의 무게라는 사실
입니다.

자신의 삶에는
'모두' 라거나
'우리' 라거나
'함께' 라는
어설프게 다듬어진, 눈치껏 쉽게 묻혀 지나가면 그만인 자리가 제외
되어야 합니다.

'모두' , '함께' , '우리' 는

본인의 의도와 가치가 명확히 뿌리 내린 자리에서만
피어날 수 있는 꽃이기 때문입니다.

분명히 잘못된 의도와 가치는
분명히 잘못된 의도와 가치만큼 자신을 다치게 할 것입니다.

현재 자신을 기준으로 삶의 의도와 가치에 대하여 깊이 생각해야 합
니다.
부모의 잘못된 가치와 의도는 그만큼의 정도대로 자녀에게 물려질
것입니다.
자녀에게 물려진 잘못된 가치와 의도는
다시 시작된 여러분 자신의 다가올 시간의 공간으로 여러분을 기억
해 낼 것입니다.

어김없이 부모의 의도 속에서 자녀를 기억해 내듯
자녀의 의도 속에서 삶의 공간은 여러분 자신을 기억해 낼 것입
니다.

그 의도와 가치 위에
'우리'는 '모두'가 '함께' 해야 할 것입니다.

여름 장마가 시작되었습니다.

하늘의 의도만큼 지상의 공간은 기억해 낼 것입니다.

지나간 시간의 의도와 가치에 대해서 얼마나 기억하고 계십니까?
지금 살아서 깨이지 못하면 영영 깨이지 못한 번거로움이 삶이 될
것입니다.

싫든 좋든 공간은 여러분의 의도를 기억해 낼 것이고
그 공간 속에서 "나는 왜 이럴까?" 하고 비관해 나갈 것입니다.

살려는 의도는 살아서만 가능합니다.
자녀를 기르고 교육하는 방법에서 여러분의 의도는 자녀들의 길이
되어 줄 것입니다.

여러분 자신의 삶은 혼자 살다 그치면 마는 작은 일이 아닙니다.

너무나 중요하고 숨막히게 두려운 일이
바르,
여러분 자신의 삶을 사는 의도와 가치인 것입니다.

생명의 형태를 진심으로 귀하게 여기는 바른 믿음이 필요합니다.

복 받고 벌 주는 '주고받는 믿음'이 아닌

생명의 어떠한 형태든 진심으로 귀하게 여기는 바른 믿음이 필요합니다.

모든 노력의 형태가
'상품', '중품', '하품' 으로 결정되어 팔려 나가듯

여러분 모두의 의도와 가치는
이 세상에 '상품', '중품', '하품' 의 종류로 결정되어 세상에 팔릴 것입니다.

여러분 자녀의 품수를 어디에 두고 결정하시겠습니까?

될 수 있으면
조금이라도 귀한 자리로
조금이라도 소중한 자리로
조금이라도 기억되는 자리로
우리는 모두 의도되어야 할 것입니다.

믿음의 모습이 아름다운 분을 봅니다.

한없이 귀한 의도와 가치로 노력하고 단련하는 것은
세상의 무엇보다 가치 있는 가장 귀한 여러분 자신의 삶의 모습니다.

제가 언제

제가 언제 그리운 사람이 될는지 알 수 없습니다.
쏟아지는 가슴빛이 너무 많아 숨소리 한번 고르게 쉬어 보질 못합니다.
그래도 마음에 사는 게 기꺼워 곧 막힐 숨인 줄 알면서도 연신 내몰아 봅니다.

저에게도 제 숨을 내어줄 님이 계시면 좋겠습니다.
잊혀지고 잊고 사는 연습을 몇 번, 또다시 몇 번을 합니다.
침착하게 해 두지 못했던 지난날의 모습이 다가와 있는 것인데
더 안으로 다가드는 것으로밖에 어찌해 볼 도리가 없습니다.

눈 없고 귀 없고 가슴마저 없는 시간이 저도 시작된 곳을 따라 지나쳐 갑니다.
바라는 것은 없습니다.
늘상 시간을 불편하게만 여긴 집착의 삶이
아플 만큼 아프길
제대로 배우고 느끼지 못한 어리석음이
현재 나의 모든 것을 할 수 있는 만큼 모두 찢어도
성실히 제 영혼을 지나쳐 갈 수 있게 되기만을 희망할 뿐입니다.

성실히 지나쳐 가게 할 것입니다.
이 세상에서 의미하는 고통과 힘들다는 무게에
저는 정식으로 부딪혀 가고자 합니다.

그것만이
제가 저를 키우는
그리고 영원히 평온한 숨결을 위한 가르침이라는 것을 알고 있습
니다.

아름답게 죽고 싶습니다.

제 스스로 열기 시작한 문이 다시 닫히는 때는
이 세상 살면서 느끼고 기억해 두었던 온갖 아름다운 가슴으로
저는 죽을 것입니다.

그리하여

또다시 제 스스로 열기 시작한 문은
그 속에 소중함만, 그리고 잊지 못한 그리움만 가득한
한 가슴으로 가득 채울 것입니다.

지금 여러분 앞에 자리한 고통은
여러분의 지혜로운 가르침을 기다리고 있습니다.
　두려워하지 마시길…… 저는 언제나 여러분과 함께 그리운 사람이
고 싶습니다.

향내나는 숨결

잘 다듬어진 것에서는 향내가 납니다.
저는 여러 번 사람의 향내를 맡은 걸로 기억합니다.

원래 둘 중의 하나를 선택하여 이 세상에 온 것입니다.
그래서 모두 다 갖춘 생활의 모습은 만나기 어려운 것입니다.

분명 진지하게 이 세상으로 돌려보내지기 전에 물어 왔을 것입니다.

"둘 중에 무엇을 선택하시겠습니까?"
둘 중에 본인 스스로에게 선택된 하나가 지금 여러분의 자리이며 삶
의 모습입니다.

삶으로 느낀 만큼만 그 선택은 이루어지는 것입니다.
알고 보면 속 썩지 않고 사는 사람은 없다는 말은 많이 합니다.

바로 그렇습니다.
그렇게 속 썩는 자리에서 진지하게 다듬어지지 못한 부분으로 이번
삶의 선택을 이루게 된 것입니다.

썩는 곳에서는 좋은 향내가 날 리 없습니다.
도려내거나, 질끈 참아서 소독하여 치료하지 않고는 스스로에게 알
맞게 좋은 향내가 날 리 없습니다.

하늘은 영혼의 향내로 영혼을 알아본다고 합니다.

그 향내로 이번 삶을 저울질하여 다음번의 삶의 모습을 정한다고 합니다.

침착하게 우리는 생각해야 합니다.

'둘 중 하나의 선택' 을 우리에게 물어 올 때

그 선택이 영원이라는 향내를 담은 소중한 것이어야 합니다.

아픔과 시기, 절망을 영원히 하시겠습니까?

기쁨과 용서, 소중함의 자신을 영원히 하시겠습니까?

자신의 가슴이 향이 되는 날이 올 것입니다.

자신이 수많은 고통과 몸부림으로 썩어 들던 그 가슴에서 향이 되는 날이 꼭 올 것입니다.

지혜는 스스로에게서 시작되어야 합니다.

가슴과 세상을 향한 눈을 조금만 낮추고 감아서 본인의 숨결에 잘 어울리는 지혜가 시작되어야 합니다.

제가 향내를 맡은 여러분들 가운데 거의 모든 분은

'어머니' 라는 향내를 갖춘 분들이었습니다.

저는 저뿐만 아니라 여러분 모두
영혼의 향기로 가득한 아름다운 분이시길 소망합니다.

자다가 깨어도
가슴 저 밑에 흐르는 물결 같은 기원은
어느 생이라도 어떠한 삶의 모습이라도 향기로운 영혼이 되었으면
하고 기도합니다.

이번 삶의 시간으로 삼십이 넘기 시작하면

벅차고 하늘을 날 것 같은 사그라지면 마는 순간의 숨결이 아닌
천년만년이라도 닥쳐올 아픔과 자기반성을 통해 성장하는 가슴을
언제까지라도 충분히
지켜줄 수 있는 천년만년 가는 지혜로운 어머니의 숨결로 돌아가야
합니다.

그 향내 나는 숨결을 통해
둘 중 선택된 하나는 지혜와 기쁨에 충실한 영혼이 될 것입니다.

잘 다듬어진 것에는 향내가 납니다.
그 잘 다듬어져 영원이라는 말없는 공간 속에 스스로 지혜로운 선택이
우리 모두의 선택이 되면 참 좋겠다고 생각합니다.

만남

세상살이가
조금 힘들고 버거워도
한마음, 고운 한마음으로 사세요.

공허한 울림질만 계속되는
남이라는 제삼자의 빈놀림 없이도
우리는
나라는, 영원한 침묵 속에
성장할 수 있는 것입니다.

오늘을 넘고
내일을 넘어
시간을 넘는 인내의 겸손함만이
우리 자신을 키우는 양분이 되지 않겠습니까?

여러분이
이 세상 아무것도 되지 않아도 괜찮습니다.
누구의 부분도
어디의 순간이 되지 않아도 괜찮습니다.

우리의 만남엔
소용과 목적이 필요없기 때문입니다.

큰 바다의 잔물결처럼
존재의 부분으로 밀려드는

'소중함' 만이

'서로'

살 수 있습니다.

모든 것은 생각대로 되어가고 있습니다

모든 것은 생각대로 되어가고 있습니다.
좋은 여건이든 좋지 않은 여건이든
모든 것은 생각한 대로 예정한 대로 되어가고 있습니다.

빗나가는 것은 없습니다.
앞으로 어찌할까를 생각하십시오.
생각이 이루어지도록
계획이 빗나가지 않도록
당신의 가슴을 천진한 간절함으로 마디마디 돌려주어야 합니다.

몸만 가지고 세상을 사는 사람
돈만 가지고 세상을 사는 사람
이기와 오만만 가지고 세상을 사는 사람
그 생명을 가진 사람은 그만큼밖에 살 수가 없습니다.
모든 것은 생각대로 되어가고 있기 때문입니다.

깊고 고요한 시간이 필요합니다.
상처가 났다고
이리 주물러트리고, 저리 주물러트리고 헤집어 분주히 들춰봤자
더 큰 상처만 되어갈 뿐입니다.

우리나라는 지금
금융대란이니 경제대란이니 모두들 큰 난리라고 합니다.

돈이라는 큰 난리를 거쳐
우리 모두의 생각은 세상에는 돈보다 더 귀중한 것이 있음을
그 귀한 것이 생각대로 되어가고 있음을 지구상의 모든 생명에게 전
해 줄 것입니다.

우리의 모든 가슴 아픈 생각이 조금씩만 더 간절해졌으면 좋겠습니다.
그런
해맑은 모습이 무척 보고 싶습니다.

자신의 느낌을 찾아가는 것입니다

제가 아는 동생이 스스로 죽었습니다.
동생 사십구재를 지내고 형에게서 전화가 왔습니다.

"스님, 사십구제의 의미가 어디에 있습니까?"

느낌을 찾아가는 것입니다.
죽어서 지상의 얼마간의 시간으로 살아 지내 온 자신의 느낌을 찾아
가는 것입니다.
평생 속에서 크게 꺾이고, 상심하고, 잃고, 크게 얻고, 기쁘고, 안심
하고, 망각되었던
자신의 느낌을 찾아가는 것입니다.

죽음만한 삶의 제물은 없기로
죽음에 삶을 거는 때가 바로 자신의 느낌을 찾아가는 죽음의 때인
것입니다.

'크게 꺾인 자리'에서 스스로 스스로에게 물을 것입니다.
"영원하고 영원하지 못한 두 갈래의 길에서 당신은 어떤 길을 택하
셨습니까?"

'상심한 자리'에서 스스로 스스로에게 물을 것입니다.
"영원하고 영원하지 않은 두 갈래의 길에서 당신은 어떤 길을 택하

셨습니까?"

'잃은 자리'에서 스스로 스스로에게 물을 것입니다.
"영원하고 영원하지 않은 두 갈래의 길에서 당신은 어떤 길을 택하셨습니까?"

크게 얻은 자리에서
기쁘고
안심하고
망각했던 당신 삶의 그 자리에서 스스로 스스로에게 물을 것입니다.

"영원하고 영원하지 않은 두 갈래의 길에서 당신은 어떤 길을 택하셨습니까?"

우리의 공간의 파장은 물결과도 같다고 합니다.

작은 돌을 집어던지면 동동동동 멀리 멀리까지 그 물결이 퍼지는
우리 삶의 공간은 수면에 퍼지는 물결과도 같다고 합니다.
삶 속에 던졌던
아주 작은 조약돌 같은
영원했거나, 혹은 영원하지 못했던 감정들이 동동동동 번지고 번져
삶의 수면으로 이어진 죽음의 자리에까지 퍼져 가는 것입니다.

그 느낌의 물결 속에서
떠오르기도 하고 가라앉기도 하면서 어떤 형태로든 질문에 대답해
야 합니다.

'영원' 이란
자신을 자신에게서 인정하는 '영원의 의식' 입니다.

꾸밈없이
거짓은 거짓대로
참은 참대로
그 영혼의 성장만큼 솔직히 시인하고 선처를 구하는 것입니다.

그런 영혼이길 하늘은
줄곧 기대하고 바라고 기다려 왔기 때문입니다.

인정할 줄 아는 담백한 영혼을
삶에서 성장시켜야 했던 것입니다.

성장시키지 못한 두려움이 산처럼 높고 바다같이 깊어
죽어도 죽을 수도 없는 지경에 이르면
영혼마저 갈 곳이 없습니다.

삶은 본래가 '허물' 입니다.
이번 삶을 받기 전만 해도
스스로 인정하지 못한 어리석은 허물이 느낌의 물결이 되어 다시 삶
이 되었기 때문입니다.

꾸밈없이
거짓은 거짓대로
참은 참대로
허물을 통해 성장된 솔직한 영혼을 가지고 겸손히 대답해야 합니다.

"저는, 저의 선택이 늘 영원의 갈래에 서는 영혼으로 성장하려고 노
력하겠습니다."

누구라서
영원을 알 수 있겠습니까?

모르기 때문에
이렇게
스스로 목숨을 끊을 만큼 고통스러워하며 살아가는 것이 아니겠습
니까?

부처님께서는 이 사바세계를 감인의 세계라 하셨습니다.

한자로는 '달 감' 자에 '견딜 인' 자로
달게 견딘다는 뜻입니다.

견디지 않으면 안 되는 것이 우리 모두 살아 내야 할 이번 삶의 모습
인 것입니다.

먼저 가거나
조금 뒤에 가거나

"영원한가? 영원하지 못한가?"를 묻는 삶의 질문에
과연, 우리는 지금 어떻게 살아가고 있는지에 대해 생각해 봐야 하
겠습니다.

저도 언젠가는 꼭 부처님이 되고 싶습니다

가끔
아주 황당한 원을 세워 봅니다.

"모든 우리 부처님들처럼
나도 내 생명을 버려 중생들을 다 제도하겠습니다."라고
정말 아주 황당한 원을 세워 보곤 합니다.

조금만 아파도 서러워 죽겠고
누가 눈빛이라도 조금 서운하게 뜨기만 해도 가슴이 시려 잠을 못
자는데
정말이지 저도 제가 커서 뭐가 될지 걱정이 태산입니다.

무식하면 용감하다고
그래도 저는 괜찮을 것 같기는 합니다.

착각이지만
그러한 원을 발할 때마다

저의 영혼이
온몸의 촉각을 세우고 숨도 쉬지 않고 천 번 만 번 눈을 감는 사실을
알고 있기 때문입니다.

실수라 해도
잠깐의 소망이라 해도 언젠가는 꼭 부처님이 되고 싶습니다.

제 자신의 부주의로 이루어진 불완전한 삶의 한중앙에서
스스로 자신을 붙드는 버팀목이 되어 줄 것입니다.

제가 아니고는
그 아픔의 자리에서 위로해 줄 사람이 없다는 것을 잘 알고 있기 때
문입니다.

모든 부처님께서 자신들의 생명을 버린 그 자리에서
수많은 아픔을 살린 그 원처럼

저도 언젠가는 꼭 부처님이 되고 싶습니다.

기도

제가 본시 발이 좀 크고 곱질 않아서 고무신을 신으면 품새가 그다지 나질 않습니다.
그래서
부처님께 제 발을 조금만 줄여 주시면 좋겠다고 요즘도 가끔 기도를 하곤 합니다.

저는 흰 고무신과 검은 털신이 너무 너무 좋습니다.
또한,
이번 삶의 수행자의 길도 제가 좋아하는 흰 고무신만큼이나 너무 너무 좋습니다.

수행자로서 본시 닦아 온 제 자신의 숨결이 깊고 아름답질 못해 이 세상에서 그다지 품새는 없습니다만, 그 또한
부처님께 저를 저번 삶의 숨결보다는 조금만 곱게 길러 주시면 좋겠다고
앞으로 가끔 기도를 할 것입니다.

저는 여러분과 함께 기도하고 싶습니다.

이번 삶 여러분의 숨결이
영혼의 지혜를 향한 한가운데 놓이시길
털고 떠나야 할 때

자신이 가진 그 영혼이 너무 너무 좋을 수 있도록

저는 가슴 저리도록 소중한 여러분과 기도하고 싶습니다.

올겨울엔 제 속으로 공부하러 갑니다.
숨은 잘 쉬는지
속의 영혼은 잘 있는지
그리움에 지쳐 가슴 아픈 일은 없는지
어수룩한 나에게 미안해 말 못한 고민은 없는지

물어보고, 둘러보고,
시리지 않도록 안아 줄 것입니다.

안을 수 있는 것이 지혜입니다.
다 이해하시고
다 용서하시고
저는 늘 여러분의 숨결이
영혼의 지혜를 향한 한가운데 놓이시길 기도하겠습니다.

날마다 좋은 날 되소서.

살리는 자리

저는 어머님이 그리워 아무것도 할 수 없을 줄 알았습니다.
그리운 것이 가슴을 지나쳐,
그리운 생각만 들면 목구멍이 뚝 부러지는, 침도 삼킬 수 없는 그리
움이었습니다.

후회하지 않습니다.
그리움에 대해 최선을 다해 그리워하는 것은
제 생명을 살리는 유일한 길이었다고 생각합니다.

아픈 곳에서 반드시 다시 아파하게 되어 있습니다.
그리운 곳에서 반드시 다시 그리워하게 되어 있습니다.

그 아픔과 그리움이
생명을 살리는 유일한 길이 되느냐 되지 않느냐가 중요합니다.

누구에게나 최선은
살리는 유일한 한 자리에서만 가능한 것입니다.

살린다는 것은 자신의 죽음을 가져올 것입니다.
죽지 않고 살리는 길은 없기 때문입니다.

죽는 길에서는

수많은 자신의 정체성과 불안함, 방황, 혼란, 이기 등의 시간이 작용
하게 됩니다.

   그립고 아픈 것은 그냥 그립고 아플 뿐인데도 불구하고
   무엇 때문이라는 자신의 당위성과 합리를 찾아 한없이 헤매일 것입
니다.
   10년, 20년, 30년, 언제까지라도 헤매일 것입니다.

   멈춰 서야 합니다.
   바로 그리운 곳에서, 바로 아픈 곳에서 멈춰 서야 합니다.
   그 한없이 헤매는 무엇 때문에가 없어도
   또한 정당한 이유가 성립되지 않아도 우리는 그립고 아픈 것이 당연
하기 때문입니다.

   그립고 아픈 것은
   바로 그 자리에서 멈춰서 죽어야 할 시간의 문제인 것입니다.
   그 문제가 이 삶의 시간이 아니겠습니까?

   꼬이고 아프게 그리운 각자의 시간을 풀어야 합니다.
   살려 주는 것으로 서로의 가슴을 풀어야 하는 것입니다.

   생각 속에서 상상 속에서 매인 끈은 풀리지 않습니다.

가위를 대든, 손으로 풀든, 자신이 직접 풀어야만 그 매인 끈은 풀리게 되어 있습니다.

직접 손을 대기 전에는
그 끈은 매인 채로 그대로 시간 속에 묻혀 한없이 썩어 들어갈 뿐 풀리는 것은 아닙니다.

제가 아무것도 할 수 없는 그리움을 안고
그리움 대신 엄정한 수행의 길을 가고 있을 때에
또 다른 수행 속의 깨달음이라는 거대한 그리움이 되어
제겐 불안한 아픔만 계속되었다고 기억합니다.

또 다른 형태의 그리움과 아픔이 반드시 찾아오게 되어 있습니다.
대신할 수 있는 것은 죽음으로도 불가능하기 때문입니다.

현명한 가슴을 가져야 합니다.
어떻게 해야 할지 멈춰서 생각해야 합니다.

불안과 방황은 길어질수록 본질의 문제에서 멀어지게 되어 있으며 변질을 동반하게 됩니다.
풀고 받아들이는 것으로 그 본질의 자리에서 멈춰 서야 합니다.

멈춰서 죽을 줄 아는 가슴이라야만이
그 그리움과 아픔의 자리에서 살 수 있기 때문입니다.

그래야만 이 삶을 통한 유일한 길을 알 수 있기 때문입니다.

우리의 영혼이 명랑한 노래를 부르게 될 때까지
멈춰서 기다려야 합니다.

죽어야 살 수 있는 것은 생명의 본질이기 때문입니다.

제 가슴 깊은 곳에서

제 가슴 깊은 곳에서
첫 숨 시작되게 하시고
저 영원 속 한 점 없는 곳에서
마지막 숨 거두게 하소서.

우리가 살아온 숨가쁜 인연의 시간이
생명에 여울지는
단 하나의 그리움 되게 하시고
그 느낌 그대로
숨결치는 가슴만 되게 하시옵소서.

끝내 남겨져 울지 않는 자 없나니

두고 가야 할 일
잊어야 할 일
다 두고 다 잊게 하시고

그리하고도
그리움이 남거든

길처럼 따라갈 님인 줄 알게 하소서.

나는 가슴에 순한 영혼만 담아
하늘 앞에 서리니

그때가 이르거든
우리 세상 맑은 빛 하나 되게 하소서.

영혼의 자존심

내일, 모레, 글피면 부처님 오신 날입니다.
오늘 저녁에는
그리운 영화를 한 편 보고 싶습니다.
어려운 시절에 모두 잘 계시는지.
여러분이나 저나 이렇게 가슴에 그리움 한 번도 제대로 풀지 못하고
이대로 삶의 무게가 되어 아마 또 다음 세상에서도 그리움으로 만나
려나 봅니다.

사랑하는 연인만 서로 기다리는 것이 아닌 줄 압니다.
작게 잠시 안다는 것으로 너무 힘들게 다가서지 않아야 합니다.
우리가 이 세상에서 안다는 것은 진실로 지극히 작은 앎이라
잠시 작게 안다는 것으로 너무 힘들게 무겁게 다가서지 않아야 합니다.

사랑은 사랑이 될 때까지
그리움은 그리움이 될 때까지
소중한 것은 소중한 것이 될 때까지
무엇이든 그때까지 기다릴 줄 알아야 한다고 저는 생각합니다.

무게에 지쳐 죽더라도
설사 좋지 않은 상황이 되더라도
무엇이든 여러분 자신이 소망하는 그때까지 기다릴 줄 알아야 합니다.

자신이 소망하는 그때를 기다릴 줄 아는 것이 영혼의 자존심이기 때문입니다.

부처님은 틀림없이 부처님만한 영혼의 자존심을 기다리신 분이셨을 것입니다.
여러분께서는 어떠한 영혼의 자존심을 가지고 계십니까?

어려워도 잘 견뎌 내시길
저는 스님이라도 해 드릴 수 있는 말이 이뿐입니다.
자존심 없는 영혼은 지금보다 더 많이 여러분을 힘들게 할 것이기 때문입니다.

모든 시끄러운 소리라도 끝나게 되어 있으며
모든 힘든 상황이라도 끝나게 되어 있습니다.
그 끝에서 참으로 빛나는 영혼의 자존심이 되어야 합니다.

여러분이나 저나 잘 견뎌 내고
잘 이겨 내어야 합니다.
내일, 모레, 글피에 부처님 오신 날처럼
우리도 내일모레 글피면 소망하는 모든 영혼의 자존심으로 기다릴 줄 알아야 합니다.

신통치 못한 것은
모두 제 자신입니다.

지금은 서로 잘 알지 못하는
'나' 들에게

'나' 만으로 기도합니다.

꼭 '크신 영혼' 이 되시길

길게 소망합니다.

미안한 일

나에게
영혼에게 미안한 일은

'영원' 만큼 참고 기다리지 못한 일
'영원' 처럼 변질 없는 가슴을 가지지 못한 일
'영원' 으로 하나의 길 품지 못한 일

'영원' 으로 숨결 다듬지 못한 일
'영원' 처럼 깊게 반성하지 못한 일
'영원' 만큼 다 살리지 못한 일

'영원' 만큼
'영원' 처럼
'영원' 으로
늘 지혜롭지 못한 일이

나에게
영혼에게 미안한 일입니다.

우리가
이번 삶으로
서로 미안한 일은

제가
저에게
제 영혼에게 미안한 일이

우리가
또한, 이번 삶으로
서로 미안한 일입니다.

'나' 인 줄도 모르고 이 세상 살았다 하소서

어느 날
이 목숨 다하여
그대 가장 그리운 영혼 앞에 서는 날

"너, 왜 세상 그렇게 살았나?"고 묻거든
'나' 인 줄도 모르고 이 세상 살았다 하소서.

어느 날
이 목숨 다하여
그대 가슴 에이는 두고 간 시간 앞에 서는 날

"너, 왜 세상 그렇게 보내고 왔나?"고 묻거든
'나' 인 줄도 모르고 이 세상 살았다 하소서.

어느 날
이 목숨 다하여
그대 돌아보려 해도 돌아볼 수 없는 인연 앞에 서는 날

"너, 왜 세상 인연 그래 두고 왔나?"고 묻거든
'나' 인 줄도 모르고 이 세상 살았다 하소서.

물어도

물어도

지나간 세상이
가슴 에이는 시간이
돌아보려 해도 돌아뵈지 않는 인연이

"너, 왜 그것밖에 못 살고 왔냐?"고 묻거든

이 목숨 다하여지도록
까마득히 '나'인 줄 모르고
가슴 아픈 숨결로만 살다간 '나'인 줄 모르고

그렇게
'나'인 줄도 모르고 살았다 하소서.

새벽의 기도

제가
조용하여 흔들리지 않게 하소서.

저의 가슴이
평화로운 숨결로
더 가까운 지고함 되게 하시고

그저
수많은 생멸의 시간 동안
모르고 살아온 모든 업장 소멸케 하소서.

지어진 우리 만남의 인연이
살아도 죽어도
또
다시 살아도
거짓 없는 빛 되게 하시고

육신의 목숨이 다하여
죽음의 업바다에 이르러도
한결한 제 가슴이
다만
당신의 가슴이게 자비로 가피하소서.

우러러
부처님께 원하옵나니

제 영혼이
소박한 삶의 빛으로
만중생의 가슴에
하나이게 도와주시옵소서.

나무 서가모니불.
나무 서가모니불.
나무 시아본사 서가모니불.

인내할 줄 아는 물같이

하물며
어머니 뱃속에 든 생명이라 이름할 수 없는 생명도 불평은 할 수 있습니다.
하물며
유치원에 다니는 어린 유치원생도 불평할 수 있습니다.
하물며 세상 살아온 햇수가 많은 어른이겠습니까?

불평과 불만에 대한 지적은 어느 누구에게건 가능한 것입니다.

불평과 불만을 지적하는 멈춰 있는 영혼이 되어서는 옳지 않습니다.
불같은 불평과 불만 속에서 지나치게 인내할 줄 아는 물같이 흐르는 지혜를 가져야 합니다.
참고 견뎌 낼 줄 아는 지혜를 가진 영혼은
반드시, 세상의 불평과 불만에게서 만족과 성공을 이룰 것이기 때문입니다.

참고 견뎌 내는 지혜가 필요합니다.
"어떻게, 해야 할 것인가?"에 대한 답이 풀릴 때까지 참고 견뎌 낼 줄 알아야 합니다.

불평과 불만은

여러분을 가장 누추하고 짧은 생명으로 만드는 무섭고 어리석은 친구와 같습니다.

누가 직접 때리지 않아도 여러분은 피멍이 들어갈 것입니다.

참고, 견뎌 내는 것으로 소망과 삶이 되는 자신이 되어야 합니다.

"어떻게, 살 것인가?"에 대한 답이 풀리도록 참고 견뎌 내는 영혼이 되어야 합니다.

하늘도 땅도 풀도 풀벌레도 모두 참고 견뎌 내고 있는 것입니다.

초라한 영혼이 되지 마시길,

쉽게 하는 불평과 견디지 못하는 불만은 여러분들의 내일이 될 것이기 때문입니다.

변변치 않은 공부로 꽤 여러 달 동안 소식을 드리지 못해 죄송합니다.

사랑하는 여러분

우리는 언제고 만나게 될 것입니다.

작든 크든, 각자의 영혼을 가지고 만나게 될 것입니다.

저는 우리가 만나는 영혼이 참고 견뎌 낼 줄 모르는 초라한 크기가 아니기를 진심으로 기도합니다.

구김살 없는,

  봄햇살 같은 뿌듯한 만남이 언젠가의 우리 만남이도록 깊이 기다리
고 있습니다.

당신이 쉬어 갈 곳

말할 수 없는 고통과 절박함으로
보이지 않는 곳에서 하늘처럼 많이 울고 있을 것 같습니다.

그래도,
당신이 쉬어 갈 곳이 당신의 절망을 이겨 온 가슴에 있다는 것을 잊지 마십시오.

당신의 가슴은 배신을 모르기 때문으로 당신을 끝내 절망케하지 않을 것입니다.
그 절망의 끝에서 지금 다가드는 숨결은 온전히 당신의 것이 될 것입니다.

스스로 믿는 사람은
반드시 스스로에게서 지켜지게 되어 있습니다.

당신의 가치를 귀한 곳에 두시길
썩지 않는 곳에서 자랄 수 없게 되어 있습니다.

스스로 앞을 향하여
고통으로 불안전한 내일을 위해 썩히는 가슴은
언제고 당신에게 빛을 일구어 줄 것입니다.

스스로 사랑하듯
사랑하게 될 것입니다.

모든 절망으로부터
이기기 힘든 절박함으로부터 사랑받게 될 것입니다.

잠을 잘 수 없는
당신의 고통을 잘 알고 있습니다.

그러나 그 고통 뒤에 당신은 분명 고귀한 자신의 가치로 더 아름다
울 것이 분명합니다.

마음을 접어
두 무릎을 꿇고
한 가슴을 모아 기도하십시오.

자신이라는 미미하고 보잘것없는 재물을 신께 올리고
영혼을 귀하게 하는 소망을 빌어야 합니다.

그 소망은
꼭 당신의 눈물 속에서 이루어질 것입니다.

아직 가슴이 되지 못한 사랑은

아직 가슴이 되지 못한 사랑은
다시 산 사랑이 될 때까지 모른 척 덮어 두기로 합니다.
아직 가슴이 돼 주지 못하는 그리움 또한
다시 싹을 틔울 수 있을 때까지 남인 척 묻어 두기로 합니다.

아직 가슴이 돼 주지 못하는 것들 속에서
내가 할 수 있는 만큼 비워 보도록 노력합니다.

철이 아직 많이 들지 않았을 때는
한쪽을 막으려고 다른 한쪽을 열심히 만들어 되지 않은 전화로라도
달랜다고 달랜 것이
뒤에 더 깊이 달려드는 아픔이었습니다.

가슴이 아플 때는 호흡이 짧아진다는 생각이 듭니다.
가슴속이 꽉 차 있어 숨을 길게 들이지 못하고 죽지 않을 만큼만 스
스로 조절하기 때문입니다.

그래도
시간이 지나면 잘 지나간 일이라고 알게 되리라 믿습니다.

내 자신이 미숙한 부분은
모르긴 해도 반드시 그 상대방 또한 틀림없이 미숙한 때일 것이므로

내가 비우고 사람이 되려고 노력하는 것이 또한 기도가 되어 줄 것
입니다.

내가
스스로
불안해하고, 방황하고, 가슴 아프게 지나가는 일이
때가 되면 밑거름이 되어 줄 것입니다.

영혼이 있어서 다행입니다.
고달픈 일이 있는 때에는
영혼이 있어 다행이라고 생각합니다.

그 아픔이 내 영혼을 한번 쫙 훑고 지나가면
다시 숨을 길게 내쉴 수 있을 겁니다.

그래서
사랑이든, 그리움이든
싹을 틔울 줄 아는 가슴에 물든 친구가 되어 줄 것입니다.

이렇게
어려움을 당해 비우는 것은 가장 어리석은 자신의 모습입니다.

발원하오니

대자대비하신 부처님께 저희는 발원하옵니다.
지금 선 이 자리가 자신의 이기와 허영심에 찬 불안한 자리가 아니
오라 다만
살아서도 좋은 것이 진정 죽어서도 좋은
하늘과 땅을 잇는 따뜻한 영혼의 가슴자리가 되도록 가피하여 주시
옵소서.

저희는 저희의 자리로 돌아갈 것입니다.
스승은 스승의 자리로
아버지는 아버지의 자리로
어머니는 어머니의 자리로
부처님께서 당신의 자리로 돌아가신 것과 다름없이
저희는 저희들의 가장 친밀한 본인의 자리로 돌아갈 것입니다.

부처님께서 도와주시옵소서.
저희는 다만 어리석고 둔하기로
나기만 바래어 죽을 줄 모르오며
백년만 바래서 천년을 준비할 가슴이 없사오니 어찌하오리까?

긴 새벽의 아침 뒤로 저희가 침묵하게 하시옵소서.
생명이라는 지고한 숨결이 무지한 방종의 물결이 되어 세상 속에 부
수어지고 마는 아픈 영혼이 되지 않도록

산 자나 죽은 자나
당신의 영원을 향한 기다림으로 지켜 주시옵소서.

대자대비하신 부처님
조촐한 오늘의 모든 공양이
수많은 고통과 번뇌를 삭이는 기쁜 하늘의 공양으로 가득 차게 하시
옵고
스승을 향한 티없는 존재의 다 바침으로 귀의하게 하시옵소서.

아닌 것은 하지 않을 것이며
스승을 두고 시기하거나 편협치 않을 것이며
다만 이생의 목숨이 다하도록 서로 사랑하며 살아갈지니
다시는 이 자리가 가슴이 아닌 육신의 입김으로 더럽혀지지 않도록
지켜 주시옵소서.

우러러 부처님께 생명을 돌려 돌아가니
하늘을 향한 저희의 부족한 발원이
그저 빛으로 꽃으로 세상에 물들지 않는
맑고 푸른 생명의 발원으로 이루어 주시옵소서.

나무 서가모니불 나무 서가모니불 나무 시아본사 서가모니불.

이 세상은 단지 살아가기 위한 장소가 아닙니다

시간이 흐르고 있습니다.

길고 무더운 여름 큰비에 다른 피해는 없으신지
한달을 걸려 쓰는 편지라 쉽게 안부를 전할 수 없어 죄송합니다.
벌써 일년에서 반이나 지나고 이쪽 산사에는 또 긴 겨울나기 채비를
시작하였습니다.
  겨울이 거의 6개월을 가는 지역이라 지금부터 서둘러도 집안 단도
리하는 일은 쉽지 않습니다.

  저희가 힘든 여러분들을 더 많이 도와드려야 할 텐데 오히려 저희만
여러분들의 노고를 입고 삽니다.

  이제
  하나 둘씩 가슴에 영혼이 자라는 소망이 모여들고
  그 속에서 우리는 긴 학습을 하고 있다고 생각하십시오.

  이 세상은 단지 살아가기 위한 장소가 아닙니다.

  먼먼 지나간 시간에 부족했던 학습의 과제가
  현실이 되어 부부도 되고 자식도 되고 부자도 되고 가난하기도
하며
  아프기도 하고 사랑하기도 하며 또 일찍 죽기도 하면서

여러분 자신이 마치지 못했던 시간의 학습을 연장시키고 있는
이 세상은 학습의 장소라고도 할 수 있는 것입니다.

각각 여러분 자신에게 맞는 시간의 자습서로 학습이 시작된 것입니다.
30년이든 60년이든 문제의 시간 속에서 각자는 해답을 내어야 합니다.
옳지 못한 해답은 다시 또 다른 시간 속에서 학습이 시작될 것입니다.

삶을 통해 겪는 수많은 문제와 학습이
여러분 가슴에 자라는 영혼의 발자취가 되고 있는 것입니다.
제대로 배우지 못한 학습법은 앞으로도 수없는 반복과 좌절, 그리고
세상을 힘들게 하는 어두운 이기의 그릇된 해답을 갖게 될 것입니다.

새벽이면 긴 한숨 소리가 들리곤 합니다.
해답을 알지 못하는 답답한 한숨 소리가 들립니다.

이 편지는 여러분 한숨의 끝에서 지키는
스승의 가슴에서 시작되고 있습니다.
우리가 앞서 떠나야 할 시간들이 사실은 그리 많이 남아 있는 것은
아닙니다.
영혼이 스승에게로 흘러 있어
늘 기도할 수 있는 생명은 이 삶에서 반드시 아름다운 학습법을 배
우리라 생각합니다.

8월에서 9월로 가는 동안

육신에서 가슴으로 향하는 변치 않는 영혼의 학습법에 귀 기울이시
는 시간 되시길

항상 기도하겠습니다.

인연된 모든 가슴들
그저 빛 같은 삶으로 고운 숨결 이루소서

세상에 지혜를 갖고 살기가 어디 쉬운 일입니까
마음만 앞설 뿐이지요.

살다 보면 몰라서도 실수가 있고 또 알면서도 일어나는 실수가 있습니다.
절에 있다 보면 수많은 사람들이 다녀가곤 합니다.
절을 좀 도와줘도 될 분들은 재산이나 자식에 꽉 얽매어 있고
이절 저절 절에 많이 다니시는 분은
절이라는 관념과 스님은 이러이러 해야 된다는 인식이 박혀 있어
오히려
비수를 들고 범하지 말아야 할 부분까지도 침범해 들어오는 수가 있습니다.

그렇습니다.
사람의 마음을 가지면 사람만큼의 일을 할 수 있습니다.
그러나 하늘의 마음을 가지면
언제고 생명을 가지고 태어날 때마다
하늘만큼의 귀한 참빛의 영혼이 되어 살 수 있지 않겠습니까?

그렇게
사람이 하늘로 되어 가는 길밖에는

모든 삶의 혼란과 이기로부터 여러분 자신을 정리할 수 있는 길이
없습니다.

언젠가
우리가 쥐었던 손도 다 털고 웅크렸던 가슴도 다 펴고 떠나야 합니다.

별수가 없습니다.
깨어 있을 자리에 깨어 있는 영혼의 비중을
여러분 자신이 얼마만큼 소중하게 간직하시는지
이제
저희가 들려 드릴 수 있는 말씀은 그것밖에는 없습니다.

12월이 다 가기 전에
추웠던 공간들 따사로움으로 정리하시고
부족하고 섭섭했던 모든 부분들 다 털어 내고 비우는

내년 봄은
푸른 하늘의 참영혼으로 새생명 되시길
늘 기원드리겠습니다.

여러분 영혼의 배가 되어

제가 스님이 되기 전 하늘에 빌길
앞으로 제가 만나 사랑하는 사람은 이 세상에서 가장 겸허한 사람이
면 좋겠다고
그래서
서로 정말 귀한 하늘의 사랑을 할 수 있는 만남이게 해 달라는 기도
를 하곤 했습니다.
그 사람을 만나진 않았어도 항상 만나 있는 것처럼
그렇게 제 나름대로 고운 조심을 하곤 했던 기억이 납니다.

제가 스님이 된 후 하늘에 빌길

저는 여러분이 언제나 항상 행복하셨으면 좋겠습니다.
여러분 앞에 지나치는 모든 삶의 과정을 통해 속살 하나 다치지 않고
고스란히 맑고 아름다운 귀한 영혼으로 이렇게 제 가슴처럼 기쁘시
면 좋겠습니다.

헤어질 때가 가까우면
사랑한다는 말을 자주 한다고 합니다.
제가 고통과 헤어지려고 할 때 제가 모르는 척 방관했던 모든 겸손
치 못한 아만, 이기와 헤어지려고 할 때, 그때가 되면
저를 자연스럽지 못하게 한 모든 힘들고 고통스러웠던 또 다른 제
자신에게

사랑한다고 말하고자 합니다.

사랑하는 또 다른 나의 여러분,
우리의 삶이 맘껏 날을 수 없는 가시나무의 숲이라 해도 슬퍼하지
마시기를
그 슬픔이 영혼의 씨가 되어 마디마디 굽이치는 순결한 가슴의 싹으
로 돋아나
여러분 귀한 사랑 반드시 소중하리라 저는 항상 보고 믿으며 살아갈
것입니다.

여러분을 알면서 제가 부처님께 올렸던 기원이
이 세상에서나
저 세상에서나
잊을 수 없는 그림자가 될 것입니다.

빛으로 되시길.

저는
여러분 영혼의 배가 되어 헤어짐의 강가에서 사랑의 빛으로 기다리
겠습니다.

숨결의 모태

저는 어쩌다 부처님께 삼배라도 할라치면 그저 세 번 절하는 끝에
코를 방석에 박고

"부처님, 저의 숨결
어디에고 어데에서고 그저 귀하게 도와주소서."라고

엎드려, 눈도 가슴도 다 감습니다.

우리는 모두
내생(다가온 생명)이라는 거대한 숨결의 모태 속에 들어 있는
태아와 같습니다.

숨결은
여러분 모두, 지금까지의 삶을 이어 온 어머니의 태와 같은 것입
니다.

보이지도 않는 생명의 존재가
어머니의 태를 타고
여기에서 저기로 저기에서 또 저곳으로 흘러 움직이는 것입니다.

생명이 있는 것은 모두
어머니의 태라고 할 수 있습니다.

세상 어느 것이 제일 귀할지라도
자신의 숨결보다 귀할 순 없습니다.

자신 앞의 모든 곤란함으로부터
자신의 숨결을 귀히 여기지 않는 것은 또한

생명을 죽이는 것과 다르지 않습니다.

저뿐만 아니라
여러분 수많은 고통 수많은 방황의 숨결이
어디에서고 어떤 상황에서도 귀한 모태를 타고 흘러야 합니다.

그렇게
자꾸 애쓰다 보면

우리는
숨결의 모태로 다시 만날 수 있습니다.
귀한 흐름으로 하나 될 수 있습니다.

우리에겐 너와 내가 없습니다

영혼이라는 큰 배에 우리는 다 함께 모여 갈 것입니다.

저는 살아가는 것이 무척 힘들어지고 어려울 때 그런 생각을 합니다.
그래도 언젠가 큰 배에 다 함께 모여 갈 것이겠지
좋은 낯빛이든 싫은 낯빛이든
이곳에서 저곳으로 우리는 모두 함께 모여 갈 것입니다.

그렇습니다.
우리에겐 너와 내가 없습니다.
우리의 가슴은 본시
생명이라는 깊은 흐름으로 다만 하나인 까닭에
우리에겐 너와 내가 없는 것입니다.

생명이라는 이 깊은 흐름 속에 우리는 더 고운 영혼이 되어야 하며
생명이라는 이 깊은 흐름 속에 우리는 더 겸손한 맑은 영혼이 되어야 하며
생명이라는 이 깊은 흐름 속에 우리는 영혼을 함께 한 따뜻한 가슴이 되어야 하는 것입니다.

몇 차례의 세대가 바뀌어
우리가 이 세상을 떠난 망자(죽은 사람)가 되었을 때

남겨진 우리의 자녀들에게 한이 많아 이승을 떠나지 못하는 조상 중의 한 사람이 되거나
그런 영혼이 되어 자손들을 핍박하고 산자를 통해 다시 이승으로 끼어들고자 한다면
여러분 그때는 어떡하시렵니까?

그렇게 큰 배를 타지 못해서
항상 당신을 기다리던 그 큰 배를 보고도 타지 못해서
무거운 자신의 집착과 고통으로 흐르는 생명의 가슴에 돌아가지 못하는 영혼이 된다면
여러분 그때는 어떡하시렵니까?

다 함께 기쁜 낯빛이 되어 우리 만나야 합니다.
힘들고 싸우고 미워하고 해하고 시기 질투하기 전
생명이라는 이 깊은 흐름 앞에
마음껏 겸손할 수 있는 영혼이 되어야 하는 것입니다.

그때야 비로소
돌아갈 하늘의 빛으로 서로 깨일 수 있는 것입니다.
저는 늘 그때가 지금이 되도록, 그것이 그렇게도 간절합니다.

여러분의 영혼만큼
모든 일은 그 영혼만큼 이루어질 것입니다.

날마다 기쁜 날 되시고 날마다 좋은 날 되소서.

영혼의 자유

저물어 가는 황혼 속에 밀려 처소에 들어왔습니다.
조용한 기운이 감돌아 가는 시간이 저는 무척 좋습니다.

그만 알 수 없는 그리움에 싸인 채로 새로운 새벽을 맞으며 고요히
앉았습니다.
가끔 가슴 사무치는 큰 그리움덩이를
한마디 말도 없이 그렇게 맞아 보내곤 합니다.

먼 태고로부터 여러분은 자유라고 영혼되어져 왔습니다.
사랑하는 여러분
낭비하지 마시길,
이번 삶을 얻어 온 영혼의 길에서 저는 여러분의 영혼이
몹시 거친 욕망이나 미래를 갈망하는 숨가쁜 잔꾀로 삶을 학습해 나
가시지 않길 바랄 뿐입니다.
말을 넘어서 영혼으로 동감하는 가슴의 겸손만이
먼 태고로부터 불린 영혼의 자유에 이를 수 있으리라 저는 생각합니다.

거칠고 숨가쁜 영혼은
거칠고 숨가쁜 그리움밖에 잉태되어지지 않습니다.

영혼은 여러분 자신이 의도한 그 의도만큼만 자라나게 되어 있습니다.
저는 제 영혼의 의도를 지켜보고 있습니다.

결국엔 제 영혼의 의도가 제 스스로 갈망하는 가슴 사무치는 큰 그
리움덩이로 자라길 소망하지만 이번 삶에 그 의도가 이루어지지 않을
지라도 크게 실망해서 지켜보는 일을 그만두지는 않을 생각입니다.

여러분이 소중해졌으면 좋겠습니다.
꾸밈 하나 없어도 억지로 지성적이려고 하지 않아도
숨결 가득 소중한 의도로 자라나셨으면 좋겠습니다.

저는 밥 먹듯이, 숨 쉬듯이 여러분의 의도를 지켜볼 것입니다.
해 저물어 가는 황혼녘
말없이 보내는 새벽의 지켜봄으로
저는 밥 먹듯이, 숨 쉬듯이 여러분의 의도를 지켜볼 것입니다.

언제 우리가 하나 아닌 둘이었던 적 있었나요?

날마다 좋은 날 되소서.

그저 사는 날까지

사랑을 하든, 수도를 하든 몸이 뜨거워짐 없이 단출하며 정갈한 삶
이 된다면 좋겠다는 생각을 합니다.

보살님,
우리가 다만 우리로서 의미가 되는 것이지
그밖에 따로 무슨 의미가 있겠나요?

그저 사는 날까지 그나마 조금 정신적인
소망을 가지고 참고 버티고 그리고 기다리며
기도하고 살아온 수많은 날들에 대해
깊이 생각하며 겸허하게 하늘 같은
그리움으로 살았으면 싶어요.

무슨 인연으로 이렇게 숨 쉬며 살 수 있으니
그동안만이라도 밝게 향기롭게 살리라
저는 다짐합니다.

종교가 그리고 우리가 정신이라 따로 할 만한 게 있겠습니까?
서로가 서 있는 자리에서 소중함으로
성실히 사는 것만이 하늘이 우리에게
내린 소명이 아니겠습니까?

어려움을 몰라서라기보다도
어려움은 자기 영혼의 스승이라 생각합니다.

앞으로 닥쳐들 많은 어려움으로
저는 보살님께 깊고 사심 없는 그림자 되도록 노력하겠습니다.

건강하시고
날마다 좋은 날 되옵소서.

따뜻한 영혼의 주인 되시길

대저 가장 못한 치자(다스리는 사람)는
술과 여인, 재물을 탐하고,
그 웃길은
땅을 탐하며
가장 나은 치자는
사람을 탐한다고 합니다.

흰 눈이 허리만큼이나 왔습니다.
이렇게 많은 눈은 처음입니다.

무척
고요하고
아늑합니다.

좋은 음식점 좋은 레스토랑에서
고기를 썰지는 못한다 해도

김치 좀 썰고, 돼지고기에, 두부 좀 넣고, 파 마늘 다져서 양념하고
푸욱 끓여 뜨뜻하게 밥상 가운데 두고
아버지로부터 어머니 그리고 자녀가 함께
따뜻한 김치찌개에 밥 한 공기면
적어도 우리는

세상보다는 가슴에 가장 나은 사람으로 속하지 않을까 싶습니다.

여러분 생각을 합니다.

살아서도 좋은 것이 죽어서도 진정 좋을 수 있는
그렇게 솔직하고, 거칠지 않으며, 믿음의 뜻이 있어, 그 무엇에도 속
하지 않으며
다만 따뜻한 영혼의 주인이 되시길
가끔 저희는 늘 여러분을 생각합니다.

이번 겨울에 눈이 녹으면
따뜻한 가슴속에서 한없는 겸손의 다스림으로 피어날
말없는 영혼의 미소를 보겠습니다.

날마나 좋은 날 되소서.

진정을 향한 텅 빈 영혼의 의도

저는 만화를 좋아합니다. 무척 좋아하는 것은 아니지만 한달에 한 권 정도는 꼭 보게 되는 것 같습니다.

제가 만화를 좋아하는 이유는 만화 속에는 늘 하나의 목표가 설정되어 있기 때문입니다.

만화 속에는 자신이 사랑하는 대상을 향한 단 하나의 진실한 사랑만으로 생명이 흐르고 있습니다.

어떠한 역경 그리고 고난에도

그 사랑을 위한 자신의 생명마저도 잊는 텅 빈 가슴이 아니고는 이루어질 수 없는 진정이 들어 있습니다.

진정을 향한 의도가 저는 좋습니다.

저는 개인적으로 제 자신은 진정한 사랑을 하기엔 어려운 사람이라고 생각합니다.

짧은 시간 속에도 벌써 많은 사람의 가슴을 배신했으며

앞으로도 불확실한 것은 제 본인이 아직도 꼭히 다른 사람까지는 아니더라도

제 자신마저도 진정으로 텅 비어 있는 영혼을 갖지 않았기 때문입니다.

설령 무엇인가를 사랑하게 된다 해도 그것은 아직은 온전하지 못하리라 생각합니다.

가끔 새벽으로 긴 시간을 기다리며 침묵할 때가 있습니다.

제가 살아온 수많은 시간 그 수많은 시간 속에서
저는 사랑이 꼭 필요한 생명에게서 배신을 주었고
생명이 꼭 필요한 생명에게서 잔인함을 주었고,
자신이 꼭 필요한 생명에게서 모든 것을 빼앗았던
그렇게 수많은 고통을 주었던 그 긴 시간들을 기다리며 침묵할 때가
있습니다.
우리 앞에 다가드는 수많은 어려움은 바로 알지 못하고 미처 느끼지
못하고 지나쳐 버린 우리 모든 삶의 지나간 모습들인 것입니다.

어떻게 해야 하겠습니까?
여러분 자신이 무엇을 해야 하겠습니까?
우리가 불안한 것은, 늘 마음이 편치 못한 것은, 하고자 하는 일이
자꾸 어려워지는 것은, 왜 그러한지
무엇을 통해야만이 진정될 수 있는지 생각해 보아야 합니다.

깊고 많은 생각을 하도록 노력하십시오.
그러나 앞으로 다가오는 시간들마저 헛것으로 보내 버린다면
정말 그때는 어쩔 수 없는 일밖에는 없지 않겠습니까?

천천히 모두 진정을 향한 텅 빈 의도가 시작되어야 합니다.
여러분 자신이 만들어 놓은 수많은 어려움은 결코 그냥 지나가지 않
습니다.

반드시 그때가 이르면 여러분 앞에 나타날 것입니다.

스님을 위해서가 아니라
부처님을 위해서가 아니라
여러분 자신과 우리의 자녀들을 위해
우리는 모두 진정을 향한 텅 빈 영혼의 의도를 시작해야겠습니다.

우리는 서로를 사랑해야 할 영혼입니다

보살님께
그간 잘 계셨어요?
잘은 모르지만 제가 무척 보고 싶으실 것 같아요.
멀리에서 여러분들이 오시고 또 가시고 이제는 커다란 방에
한가한 낮바람만 자리를 메우고 있습니다.

삶은 어쩌다 잘 있느냐는 물음만으로도
약속 아닌 약속 같은 속정을 다 내보일 수도 있는 것 같아요.
가끔 생각에 어찌되었건 우리라는 인연이 살아서도 죽어서도
그저 솔직한 가슴이 되었으면 정말 좋겠습니다.
그렇지요?

보살님
더운 날씨가 되어도 덥다고 아프지 마시고
파란 부채 빨간 부채 잘 판단하셔서 그저 순결한 어머니가
되어 주세요.

하늘은 우리가 언젠가는 스스럼없이 돌아가야 할 자리임을
잊지 마세요.
사랑해요.

이제야 서서히 터오는 빛의 의미를 알겠습니다.

그 속에 공유되어진 침묵의 가슴으로 우리가 서로 사랑해야 하는
영혼임도 알겠습니다.
태고의 숨결로 잦아진 영원을 향한 그리움이
단지 우리라는 대상을 통해 삶을 꾸려 내고 있습니다.

보살님
이대로 언제까지나 품어 잃지 않는 저는 그런 성결한
가슴이 그렇게도 좋습니다.

지금 살아 있음이

보살님
지나간 시간은 필요없으니
다가올 날들을 위한 기도만이 남았겠습니다.

산다는 것은 거짓이 없는 원래 무채색의 마음이 아니겠습니까?
이번 생을 살다 떠날 때가 되면
그저 덤덤한 시골 소년의 순박한 몸짓이면
좋겠습니다.

모든 것이
원망과 질투, 시기와 집착으로 굳은 영혼의 숨결
이제는
흐르기 시작하여
해맑은 지혜의 가슴 되리라 확신합니다.

지금
살아 있음이
그 무엇보다 행복×무한대 입니다.

삶을 지키는 영혼의 초점 잃지 말으소서.

삶은, 지켜보는 겸손한 기다림

눈이 아직도 쌓인 봄길로
오 년 전에 함께 공부하던 동무스님들이 저 먼 남쪽에서 강원도 산
골로 찾아들었습니다.

그길로 동무들을 따라 남쪽으로 한바퀴 돌아 들어왔습니다.

세상이 어수선해 보였습니다. 그리고
저는 흐르는 시간을 보았습니다.

우리는 모두 알고 있습니다. 다만
자신을 가라앉힐 소중함을 잊고 살 뿐입니다.

교회에서 찬송가를 부르든, 부르지 않든
절에서 목탁을 치든, 치지 않든
봄이 되면 만물의 생명은 싹을 틔우고,
참새들은 짹짹 지저귀며 하늘을 납니다.

혼돈의 세상이 아니라
우리는 자신에게서 자신의 수많은 혼돈으로부터,
영혼을 가라앉힐 수 있는

되돌아봄이 없는 것입니다.

생명이 아무렇지도 않게 생명을 죽이고
사랑이 아무렇지도 않게 순결을 빼앗고 맙니다.

삶은, 지켜보는 겸손한 기다림입니다.
자신이 버리는 방종과 혼란이
언젠가는 자라서
우리의 소중한 모든 것을 아프게 할 수도 있을 것 같습니다.

잠시만 돌아보지 않으시렵니까?

여러분의 가슴이, 귀한 영혼의 울림으로 늘 빛 되시길
항상 기도 드리겠습니다.

날마다 좋은 날 되소서.

짧은 생, 긴 여행

마음속에 큰 바람을 들여놓고 나면
음…… 음…… 음……
몇 번 음…… 음…… 거리며 제 속에 울리는 음정을 찾아보곤 합니다.
저음 비슷한 음을 찾아내고는 맘대로 음운을 넣어 흥얼거리기 시작
합니다.
한없이 푸른 하늘이 하늘거리고 온갖 새들이 지저귀고
저물어 가는 시간 속에서 영혼이라는 가슴이 울렁울렁 울리고 있습
니다.

가끔 안부를 묻는 후배 스님은
책을 가까이 하는 저에게 눈에 곰팡이 나겠다고 놀림을 던지지만
우리 꼭 저 하늘처럼 살자고 약속하고 또 약속합니다.

늘 그렇게 약속합니다.
덧없는 것들로부터 영원하기로
시작도 끝도 없는 여행의 길에서
고통 없이 즐거움 없이 이대로 저는 늘 행복합니다.

겸허하면 이루어 내지 못할 것이 없습니다.
짧은 한 생을 두고 약속하지 마시고
긴 여행의 시간으로 약속하십시오.

겸손한 것으로 영혼의 공간을 이루는 것이
우리의 여정이 끝날 장소이기 때문입니다.

벌써 도착해서 무거운 짐도 좀 내리고 아픈 다리도 좀 뻗고
머리도 소리가 나도록 으드득 돌리기도 하고 그랬으면 합니다만,

아직 아무래도 좀 남았나 봅니다.

눈에 곰팡이 나고
귀에 곰팡이 나고
그러다 가슴에 곰팡이 나면 그때는 조금 착해지려나요?

바람은 부는 듯 없는 듯 그쳐 갑니다.
새들은 좀 전의 소리보다 더 많은 소리들로 지저귀고 있습니다.

가슴에 남는 마지막 말은
겸허히……
겸허히……

다 소중하게 살자는 말입니다.

그리움이 깊으면 사랑이 될 것은 분명합니다

음력으로 10월 보름이 되면 스님들은 모두 90일 동안의 공부에 들어
가게 됩니다.
가슴에
가슴으로
세상 속 가장 겸손한 숨결로
90일의 수행에 들어가는 것입니다.

어려운 세상에
남 욕하지 말고
남 미워하지 말고
남 힘들게 하지 말고
항상 빛 같은 자신이길 기도하십시오.

12월
1월
2월 세 달 동안은 편지가 나가지 않습니다.

그동안
보이지 않는 모습을 보고
들리지 않는 소리를 들어
진심으로 자신의 내면에 비추어 들어가는 여러분들 되시면 좋겠습
니다.

그리움이 깊으면 사랑이 될 것은 분명합니다.
분명 좋은 것을 두고도 하지 못하고
소중한 일을 배우고도 소중해지지 않는다면
언제 우리 그리운 하나 되겠습니까?

잠시 두고 가는 여러분들을 믿습니다.
이 세상에서
이 삶에서
그리움으로 하나 된 성스러운 사랑이 되리라 저는 항상 믿고 공부해
가겠습니다.

그동안
아프지 말고
배곯지 말고
괜한 서러움에 잠겨 스님 가슴 설레게 마시고
내내 따스하시길 여러분 가슴에 가득한 부처님께 기도 드리겠습니다.

그럼 잘 다녀오겠습니다.

세 가지 소원

한 6년쯤 되었나요?

저를 좀 꼭 만났으면 한다는 분이 계신다고, 틈을 내보라는 말을 듣고 다니던 길에 잠깐 그분이 운영하시던 기차역 분식점에 들렀던 적이 있습니다.

그분은 저에게

당신에게 세 가지 소원이 있다 하시며 물 젖은 손을 하고서 저를 바라보았습니다.

첫 번째 소원은

제 가슴에 당신을 묻는 것이라고 말씀하셨습니다.

두 번째 소원은

당신이 이 세상을 떠났다는 말을 듣게 되면

당신 죽음 앞에 제가 30분만 앉아 있어 주면 좋겠다고 말씀하셨습니다.

세 번째 소원은

다시 태어나면 대통령이 될 것이라고 말씀하셨습니다.

세 달의 공부가 끝나고 여러분께 인사드립니다.

휩쓸고 지나간 하늘의 일이 또 얼마만큼의 고통으로 삶을 힘겹게 할지 모릅니다.

옛말에

물길은 언제고 제 길을 찾는다는 말이 있다고 합니다.

저에게 세 가지 소원을 말씀하셨던 분도 재난을 당하여

지금 오면 고생한다고 좀 정리가 되면 오라시며 바쁜 기별을 보내셨습니다.

　가슴이 길을 찾는 것입니다.

　이 삶은, 이번 생에 맡겨진 생명이라는 흐름으로
영혼에서 멀어진, 가슴 본래의 제 길을 찾고 있는 것입니다.
그 길이 앞으로 여러분을 얼마만큼의 고통과 번민으로 힘겹게 할는지 저는 알 수 없습니다.

　길게
너머로 길게 바라보는 침착하고 선량한 가슴이 필요합니다.
다 살고도 살지 못해서
다 배우고도 배우지 못해서
또 길을 찾지 못하면
여러분은 다시
영혼에서 멀어진 가슴 본래의 제 길을 찾아야 할 것입니다.

　저에게 맡겨진 수많은 가슴의 소원이
결국은 돌아갈 본래 우리의 길이 되도록 저는 깊이 살고자 소망합니다.

인생의 밭

이번 여름이 시작되기 전
초등학교 5학년의 어린이가 절에 다녀가는 길에 스님께서 동생 이만 원, 형 이만 원, 사만 원을 책 보라시며 손에 들려 보내셨습니다.
그날 절에서 밭에 심어야 할 고추모랑 오이모랑 가지 등 채소 모종 얘기를 하였습니다.
그 어린이가 집에 가더니 엄마한테
"엄마, 나하고 형하고는 오천 원씩만 주고 내 것 만오천 원, 형 것 만 오천 원 모아서 스님이 오늘 오이모랑 가지모랑 얘기하시던데 모종 사 다 드리세요."라며
며칠 뒤에 어린이의 아버지께서 모종을 가져오셔서 지금 절의 작은 텃밭에 오이가 주렁주렁 노랗게 꽃을 피워 매달려 가고 있습니다.

그 어린이는 스님들이 산골에서 오이만 먹고 사는 줄 알고 있는 것 같습니다.
그리고 제 생각에 아마도
그 어린이는 내년에도 더 많은 오이모와 가지모를 절의 텃밭에 심게 되리라 짐작됩니다.

우리는 모두 그와 같습니다.
여러분 자신의 텃밭에 양파씨를 뿌린 이는 양파를 수확할 것이며
감자씨를 뿌린 이는 감자를 수확할 것이며
산삼씨를 뿌린 이는 산삼을 수확할 것은 당연한 것입니다.

씨는 인삼씨를 뿌려 두고

3개월도 되지 않아 인삼이 되지 않는다고 밭을 헤쳐 파 본들 인삼이 제대로 될 리 없고

씨는 무씨를 뿌려 두고

인삼이 되기를 바래어 1년, 6년을 기다린들 무씨는 썩어 그 밭에 자취조차 없을 수밖에 없습니다.

당연합니다.

인생이라는 밭에 여러분은 어떠한 씨를 뿌렸으며 그 수확의 기간을 여러분은 잘 알고 계십니까?

그냥 막 흘러갈 수도 있습니다.

인생은 여러분을 무디게 만드는 작은 텃밭과 같은 것입니다.

막 흘러 버릴 수도 있는 그 수를 이제 알아차려야 되지 않겠습니까?

이 삶을 떠날 때 비워 잡풀만 우거진 밭의 주인이 되지 말기를
오늘보다는 내일
그 깊은 시간에 천년만년을 꽃피는 든실한 종자를
자신의 숨결 속에 뿌리는 여러분이시길 저희는 늘 생각합니다.

잎을 말리는 나무

도랑이 넘치고 집에 물이 차도록 큰비가 왔던
거의 90여 년 만의 여름장마 무렵의 이야기입니다.

큰비가 시작되기 얼마 전부터
무성히 푸르른 잎으로 가득한 고목나무가 이상해졌습니다.
그 싱싱하게도 푸르던 이파리들이
하나 둘 서서히 회색빛으로 말라 떨어지기 시작했습니다.

마주 보고 서 있던 또 한 그루의 푸른 잎이 가득한 고목나무와는
사뭇 대조적인 모습으로, 그렇게 마치
큰 병이나 앓고 난 뒤처럼 자신의 그 푸르던 잎들을 서서히 말리기
시작했던 것입니다.

오가며 두 그루의 고목을 늘 봐오던 아저씨는 이상한 생각이 들었습
니다.
마치 자신의 이파리를 말려 가며 이 고목나무가 말을 건네려고 하는
것만 같은
자꾸 말라 떨어지는 이파리를 보며 불안하고 두려운 생각이 더해 가
는 것이었습니다.

한참 푸르러야 할 싱그러운 때
한 고목나무의 무성한 잎은 여전히 하나 둘 말라 떨어지고 있는 것

이었습니다.

한 고목나무의 잎이 거의 말라 떨어져 갈 때
하늘은 유난히 검고 짙은 구름을 달고 비를 뿌리기 시작했습니다.

한번 시작된 비는
불과 두 시간여 만에 한 도시를 물바다로 바꾸고
모든 농경지며 도로에서 우리가 살아가는 집까지
하늘 아래 작게 놓여진 조그마한 국토를 물로 자리를 바꿔 황폐시키
고 말았던 것입니다.

죽는 사람과 식물과 동물이 헤아릴 수 없이 많았던
그 큰비가 다 지나고
무너진 밭둑과 고랑을 애써 수리하시던 아저씨 눈에

서서히 다시 푸른 잎을 틔우기 시작하는 고목나무가 보였습니다.
얼마 전 큰비가 있기 전
자신의 잎을 말려 떨궈 내던 고목나무
바로 큰 병을 치른 후처럼 말라 가던 그 고목나무였던 것이었습
니다.

한껏 푸르렀던 한 고목나무는
거센 비바람에 무성한 이파리를 이기지 못하고 반이 잘려져 나가
허연 속살을 드러내고 고통스러워하고 있는 것만 같았습니다.

고목나무는 알고 있었던 것입니다.

다가올 엄청난 재난에 대해
스스로 자신의 잎을 말려 떨궈 내야만이
다시 소생할 수 있다는 것까지 짐작하고 있었던 것입니다.

어쩌면 이처럼 큰비로 인한 아픔은
나무가 스스로 떨구어 낸 푸른 이파리일지도 모릅니다.

그렇게 휩쓸고 지나간 큰비는

어쩌면
생각하고 짐작조차 할 수 없이 앞으로 다가올 커다란 인간 상실의
재난 앞에

잎을 말리고 떨궈 낼 줄 모르는 자신들만의 그르친 삶의 무게가
이기와 오만으로 가득한 무성한 이파리가 되어

휘몰아치는 큰비에
반이나 갈라져 나가 푹 패인 허연 속살로

우리와 우리의 후세들이 함께 고통스럽고 아플 수도 있다는
엄격한 자연의 경고라고 짐작할 수도 있을 것입니다.

우리는 스스로 알고 있습니다.

우리가 물려받아야 할 세상의 재산은
서로 겸손하고 아껴 주는 성실한 한삽의 가슴에 있다는 것을

자신을 죽일 수도 있었던 거대한 재난 앞에
자신의 이파리를 말려 떨구어 냄으로 소생할 수 있었던

한 그루의 고목나무보다, 우리는 더 잘 알고 있습니다.

시간이 지나
인간 상실의 큰 재난이 지나

우리와 우리의 후세가
스스로 이파리를 말려 떨궈 낸 나무가 되어, 다시 소생하는 때는

그 무엇보다 눈부시게 푸르고 무성한 이파리를 피우는
소중한 꿈으로 이 세상을 키울 것입니다.

생각 조금 늦추기

영혼의 소리가 우리에게서 멀다고 생각하지 마십시오.
우리가 일하고 잠자고 고민하고 즐거워하는 순간순간마다
가슴을 통해 우러나는 소리를 듣지 못하십니까?

여러분들에게 일어나는 수많은 생각을 조금 늦추어 보십시오.
지금 이대로도 괜찮다고 일러 보십시오.

생각이 가난하면 삶도 또한 풍요로울 수 없습니다.
가난하면 허기가 지고 허기가 지면 심장은 탈진되어 갑니다.

여성은 여성의 가슴으로
어머니는 어머니의 가슴으로
스님은 스님의 가슴으로
생각을 조금 늦추어 돌아가야 합니다.

세상을 움직이는 영혼의 소리가 풍요로울 때
존재는 빛이 되는 것입니다.

우리 가슴 하나에서 울리는 소리가
우주의 첫 울림이 되도록
성실과 경건함으로
생각을 조금 늦추어야 합니다.

우리는 우리가 알지 못하는 모든 것을
이제는 조금씩 늦추어야 합니다.

하나 된 우리 가슴 늘 하나 된 하늘로 향하길

넉넉지 못하신 중에도
스님 어디 공부 가셨다 하면 먼길 새벽잠 설치는 것도 마다 않으시고
종일을 달려와 30분도 얼굴 마주지 못하는 만남을 가지면서도
스님 좋아하는 찹쌀모찌,
하루를 가슴에 품어 가져다주시는 여러분

결국은 모찌 하나 먹이려
그 먼길을 다녀가 다음날은 몸살이 되어 앓는 여러분 앞에
저는 부끄러운 가슴밖에는 아무것도 드릴 게 없습니다.

제가 여러분께 드릴 수 있는 말은

너희는 영원하고 소중한 영혼의 길을 걸으라.

다시 찾아뵈도 제가 여러분께 드릴 수 있는 말은
언제나, 영원하고 소중한 영혼의 길을 걸으시라는 그 말밖에는
드릴 수 있는 말이 한 마디도 없습니다.

공부를 하다 보면 눈물이 납니다.
우리 인연들, 설사 우리에게서 좋지 않은 일로 남이 된 모든 우리의
인연들
살아서는 무엇으로도 도울 수 있는 형편이 아니나

이 세상을 버리고 가는 길에는 내 반드시 최상의 아름다운 기쁨으로 인도하리라.

그 영혼이
겁먹지 않고, 불안해하지 않고, 초라해하지 않아도 되는 하늘빛으로
저는 꼭 여러분을 모셔 갈 수 있는 공부를 할 겁니다.

우리가
이 세상일로는 여러분을 도와드릴 수 있는 게 아무것도 없습니다.
다만 사는 동안, 우리 서로 없으면 안 될 것처럼 귀하게 살아야 하노
라는 어렵고 힘겨운 말밖에는 할 수가 없습니다.

사랑하는 여러분
제 가슴에 출렁이는 영혼의 희열이, 부족하나마
우리에게 하나 된 여러분 가슴에도
늘 하나된 하늘로 향한 소중한 길 되시길 항상 기도 드리겠습니다.

여러분, 고맙습니다.

본래의 혼자가 되어 보시지 않겠습니까?

저희는 고단하고 피곤해지면 맑은 차를 마음껏 마시곤 합니다.
밤이 새도록 새벽이 밝도록 맑은 차를 마음껏 마시곤 합니다.
이 세상은 거치지 않으면 안 될 수많은 문제를 통해서만이 존재할
수 있는 자리이기에
문제의 성질과 특성에 맞는 영혼을 다듬지 않고는 이 삶을 어찌해
볼 도리가 없습니다.

여러분은 어디에 속해 있습니까?
세상은 세상에 속한 일로 돌아가게 되어 있으며
영혼은 영혼에 속한 일로 돌아가게 되어 있습니다.

지나가는 시간의 거친 아픈 생각들은
또 한번 당신을 그러한 똑같은 아픔으로 돌아가게 할 것입니다.
잡고 놓지 못하는 당신의 그림자를 통해 가끔은
마음껏 맑은 차를 마시는 본래의 혼자가 되어 보시지 않겠습니까?

건전지가 다하면 시계가 멈추듯이
우리의 이번 삶도 하늘로부터 정하여진 시간이 다하면 스스로 멈추
게 되어 있습니다.

영혼이 풍성한 뜨락에
우리 세월을 실은 여정의 향기가 흘러

그 흐름을 타고 우리는 또다시 사는 것이랍니다.

걱정이 되는 것은
삶이라는 형태를 통해 던져진 당신 영혼의 문제 앞에
혹시 기억조차도 못하고 흘려버리고 살지는 않는지
그래서 다시 그와 똑같은 아픔으로 답답하고 쓸쓸하지는 않을지
다만 그것이 걱정입니다.

가을이 소리도 없이 지나갑니다.
여러분 곤히 쉬는 가슴 위로
늘 맑은 차 향이 소리도 없이 지나가길 기도하겠습니다.

사랑하는 여러분
우리의 쉬지 못하는 영혼이
늘 향그러운 침묵으로 하늘에 속한 그리움 되길 기도하겠습니다.

그리움

추운 날입니다.

보살님을 잊고 살자니
속에 있는
제 영혼이 허락하지 않습니다.

수많은 조건으로부터
우리가 서로 잊혀지는 길을 가끔 걷는다 해도
그것은
아주 조금치의 시간이라는 것을
저는 잘 알고 있습니다.

햇살 같은 그리운 가슴 지치도록 보고 싶은데
보살님은
제 그리움 끝나는 곳에 계시는지…….

전화해도 잘 연결되지 않고 저는 요즘 화엄경으로 시간을 채우고 있
습니다.
경이란 부처님을 잡기 위한 수단이 아니라, 경을 통해
우리는 부처님의 그림자를 놓고 자신을 비추는 한 단계라고 보아야
한다고 생각합니다.
우리가 수많은 삶을 통하여도 여전히 삶을 놓지 못하듯

어쩌면 경이란 놓지 못하는 하나의 신성한 환영을 만들기도 하는 틀일 수도 있다고 봅니다.

우리는 누구나 여전히 삶을 놓질 못합니다.

수많은 삶을 통해서라도 또 다른 한 번의 삶을 위해 낯선 삶을 잡곤 합니다.
저는 세상에 머리에 남을 만큼 귀중한 것을 보지 못했습니다.
제가 보는 것이라곤
끝없는 흐름
윤회계를 감도는 끝없는 흐름을 저는 귀중하게 늘 주의 깊이 들여다보고 있습니다.

이곳은 자연이 아름답습니다.

저는 모자란 대로 또 하나의 낮은 자연이 되었고, 거기에
저녁노을 지는 곳을 따라
착한 보살님만 타박타박 걸어 들어오면 되는데
언제 그림 같은 소중한 걸음 하실지 모르겠습니다.

저 잊어 먹지 마세요.
한 사람하고 같이 있어도

열 사람하고 같이 있어도
천 사람하고 같이 있어도…… 언제나 저 잊어 먹지 마세요.

영혼의 빈터

맞고, 맞지 않는 사람이 있는 것은 분명합니다.
며느리와 시어머니가 맞지 않고
아들과 아버지가 맞지 않고
아내와 남편이 맞지 않을 경우도, 또 그밖의 경우도 상당히 많습니다.

자신 본인이 맞지 않는 사람을 손으로 꼽아 보면 압니다.
잘 맞는 사람
그럭저럭 지내갈 만한 사람
보지 않는 사람
보려면 가슴이 아픈 사람 등등 손으로 한번쯤은 꼽아 볼 필요가 있습니다.

맞는 것이 그렇게 좋다는 것은 아닙니다.
동시에
맞지 않는 것이 그렇게 나쁘다고 생각해서도 안 됩니다.

맞고, 맞지 않는 것이 반드시 있어야 하는 것은, 본디 그러한 것이
삶의 성격이기 때문입니다.
세상에 있는 것은 모두 나름대로의 성격이 있습니다.
그와 마찬가지로
삶 또한 삶의 기본적인 성격 중의 하나가

맞고 맞지 않는 것이 있다는 것입니다.

어려우신가요?

이 세계는 항상하지 않습니다.
늘
이루어졌다가
잠시 머물렀다
훼손되고 무너져

결국엔
본디 비었던
비어 있는 그 자체로 돌아가게 되어 있습니다.

빈터에 땅값을 지불하고 집을 지어서
아들딸 낳고 행복하게 삽니다.
세월이 지나면서 보일러도 터지고 지붕도 새고 벽도 균열이 가게 되
고
그러다, 결국엔
다시 집을 헐어 빈터로 돌아가게 되는 것입니다.

그 본래 비었던 빈터가 중요합니다.

맞고 맞지 않는 것은
잠시 살 동안의 기간에 해당합니다.

맞고, 맞지 않는 것이
시간이 지나면 헐고 마무되어
혹 좋아지게도 되고 그렇지 않으면 그 상태로 흐르기도 할 것입
니다.

그러다
그 맞고 맞지 않는 기간을 지나면
결국엔 허물어져 빈 영혼의 터만 남는 것입니다.

그 맞고 맞지 않는 기간을 짧게 하느냐, 아니면 아주 길게 하느
냐는
앞으로 돌아올 삶의 횟수와도 같습니다.

무너져 빈터가 되기 전에는
끝없이 수리하며 지탱시켜야 하기 때문입니다.

좋다, 싫다를 느끼는 것은
지탱에 대한 보상이라고 볼 수 있는 것입니다.

이 세상은 갈등으로 전제된 곳입니다.
어느 곳이든
누구든
내가 아닌 이상에는 쉼 없이 갈등하게 되어 있는 것이 이 세상입니다.

그러나 얼마만의 시간이 쉼 없는 삶의 횟수가 지나가서는
결국
허물어져 빈 영혼의 터가 되어야 합니다.

지금 손으로 꼽는 맞거나 맞지 않는 헤아림이
바로, 여러분이 거치고 지탱해야 할 삶의 횟수인 것입니다.

어떻게 생각하십니까?

쥐고 살기도 했으면
이제
놓고 빈터로 만드는 일도 살아온 시간만큼 귀하리라 생각지 않으십
니까?

우리는 모두 알고 있습니다.
우리가 생각하는 일들이 한없이 우스운 일이라는 것을 우리는 잘 알
고 있습니다.

금이 가 새는 집은
어렵습니다.

허물고 내려앉혀서
다시 살기 좋은 집을 지어야 합니다.

봄이면 갖가지 봄꽃에 갖가지 봄새가 날아들고
여름이면 커다랗게 자란 나무 그늘 아래 잘 익은 수박도 갈라 먹고
가을이면 알록달록 단풍으로 문창호지도 발라야 하고
겨울이면 흰 눈 가득 쌓인 창문턱에서 고구마도 구워 먹고

…… 알뜰한 일이 될 것입니다.

허물고 내려앉힐 줄 알아야 합니다.
작게라도 더 작게라도 허물어 빈 영혼의 터가 되어야 합니다.

맞고, 맞지 않는 것을 위해 사방으로 얼굴을 찌푸릴 필요가 없습
니다.
마음만 상하고 쉼 없이 거칠어져 갈 것입니다.

자신을 상하는 것은 크나큰 기도가 되어 줄 것입니다.

세상의 것으로 결론이 지어지지 않는 것은
결국,
여러분 자신으로만 결론지어질 수 있기 때문입니다.

빈 영혼의 터에
영혼을 지어 살아가야 하겠습니다.

그 무슨 생명이라도
한없이 소중해지는 빈 영혼의 터엔

스스로를 상할 줄 아는 지혜로운 당신이 주인입니다.

하늘만한 큰 물고기

아침이면 부처님께 꼭 차 한 잔 올려 드리고 절 세 번 하고 내려서
제가 먹곤 합니다.
차 달여 올리는 일이 재미가 있습니다.

옛날,
다 늦도록 아들 내외가 자손을 얻지 못해서 전전긍긍하던 일이 있었
답니다.
그 시아버지와 어머니는 보다 못해
하루 날을 잡아 부처님께 정성을 드리러 가기로 맘을 먹었다고 합
니다.

먹고살기도 어려운 시절
자주 절에 가지도 못하던 형편이지만 기왕 지성을 드리기로 맘먹었
으니 집안에서 제일 귀한 것으로 가져가야겠다고 생각하시고는

그 마을의 전통으로 담가 오던 조로 빚은 약주를 한 병 가지고
노부부는 새벽부터 목욕재계하시고 해가 뜨기 전에 절을 향해 걷기
시작하셨다는군요.

노인들 걸음이니
새벽에 출발해도 한나절 다 지나 밤중에 절에 도착하게 된 겁니다.

그런데 하필이면
그 절에 주지스님께서 급한 볼일이 생겨 그날 마을에 내려가셨다
언제 오실지 기약이 없다는 겁니다.

노부부는 '이거 낭패로다' 내심 걱정을 하시다
기왕에 지성을 드리러 왔으니 우리 둘이서라도 지성을 드리자 하시
고는

오백 분이나 되는 나한님을 많이 모셔 둔 나한전에 들어가셔서
나한님들께 절하시고는 품에 잔을 하나 꺼내 들으시고

한 분 한 분께 조로 빚은 귀한 약주를
한 잔씩 부어 드리고는 내려서 당신이 마시고
또 잔을 옮겨 한 잔 부어 드리고 절하면서 빌고 내려서는 또 당신들
이 마시고

이렇게
주거니 받거니 하시며 밤새 그 오백 분이나 되는 나한님께 지극한
정성으로
지성을 드리신 겁니다.

그때 주지스님은 그 다음날 새벽에야 절에 도착하셔서 깊이 잠에 빠

지시는데

꿈에 오백 나한전의 나한님들께서 술이 거나하게 올라 안색이 불그레하셔서는
서로서로 어깨를 치시며 하시는 말씀이

한 나한님께서
"저 정성을 봐서 이번에 저 박 영감네는 자네가 좀 다녀오게나." 하시면

한 나한님은 턱수염을 쓸어내리시며
"여보게, 내 이번에 건넛마을 김 영감 좀 봐줘야 한다지 않았나? 수고스럽더라도 자네가 좀 다녀오시게." 하시며
나한님들께서 서로서로 박 영감 댁 자손으로 추천을 하시더란 겁니다.

주지스님은 깜짝 놀라 잠에서 깨어 신도 찾아 신지 못하시고 나한전에 가 보니

밤새 부은 술 냄새로 법당이 진동하고 그 법당 구석에
노부부가 거나하게 취해 잠들어 계시더란 것입니다.

두 노인네를 깨워 주지스님 방에 들어오시게 하여
"두 어른의 정성이 지극하여 필시 자손을 얻으실 것이니
자손을 얻으시거든 그 이름을 '나한'이라고 지어 주십시오." 하시며
있지도 않은 손자의 이름까지 말씀해 주시더란 것입니다.

그 뒤로 자손이 없던 아들 내외에게 태기가 있었고
또 얼마 후에 떡두꺼비 같은 손자를 보게 되었다는 겁니다.

물론, 그 손주의 이름은 '박나한'이라고 지었다고 합니다.

저도 건네 들은 얘기라 출처는 확실치 않지만 참 재미있게 들었던
이야기라 기억을 하고 있습니다.

"지성이면 감천"이라는 옛말이 있습니다.
"정성을 지극히 하면 하늘도 감동을 한다."는 말씀입니다.

하늘이 공평한 이유는 여기에 있습니다.
누구나 할 수 있는 '정성'이라는 지극한 염원을 통해 그의 하늘이
되어 준다는 것입니다.

감동시키는 만큼이 여러분의 하늘인 것입니다.
하늘 아닌 곳이 없습니다.

우리가 발을 뻗는 구석도
볼일을 보는 그곳도
싸움을 하는 그곳도
열심히 공부하고 매진하는 수련장도
하늘 아닌 곳이 없습니다.

삶의 구석구석 그리고 찌든 일상의 부분부분이 모두 하늘이고 정성
에 감동하는
하늘의 자리인 것입니다.

제가 깜짝 놀랐던 일이 있습니다.
감자가 많이 나오던 '하지' 그 무렵 일이었습니다.

감자를 쪄 먹는다고 해서 그러려니 하고 책을 보다 뭘 좀 가지러 갈
것이 있어
그 감자 삶는 곁으로 지나가다 저는 깜짝 놀랐습니다.

감자를 씻어 그냥 솥에 우르륵 넣고 삶으면 그만인데
씻어진 그 감자는 솥 속에 하나하나 알알이 정성스럽게 가장 정갈한
자리를 찾아 뉘어지고 있는 것이었습니다.

"그냥 쏟아서 찌지 그렇게 줄을 세우고 그러느냐."는 제 질문에

"하나라도 이쁘게 쪄서 먹이려고……."

진짜 '정성' 속에 사는 사람은
'정성'이라는 것이 무엇인지도 모르고 살아간다는 것을 알았습니다.

오백 분이나 되는 나한님들께 밤새 한 잔 한 잔 약주를 올리신 노부
모님들께서도
당신들이 하는 일이 정성인지 아닌지도 모르고
그저 조심스럽기만 하고 황공하기만 하셨을 거라고 생각합니다.

우리는 내가 하늘이라
조그마한 정성도 잘 알아차리고 스스로 감동받고 스스로 황공하고

알고 보면 많이 얕은 삶을 살아가고 있는 것은 아닌가 싶습니다.

누구나 무엇이나 할 수 있게 하늘은 미리 그물을 던져 둔 것입니다.
아무나 아무것이나 할 수 없는 일은 진짜 누구나 무엇이나 할 수 없
기 때문에

누구나 무엇이나 할 수 있는 '정성'을 세상에 던져 둔 것입니다.

'정성'을 느끼는 것은 모두 하늘이기도 합니다.

128

우리는 모두 하늘입니다.

'정성'이라는 말 속에서 스스로 정성스럽게 삶을 배워 가는 것은
참 아름다운 일입니다.

나와 남이라는 두 개의 하늘 속에서 숱하게 깎이고 상한 우리의 삶
이 아닙니까?
나와 남이라는 두 개의 하늘이야
한 하늘을 보지 못한 우리로서는 어찌해 볼 도리가 없습니다마는

여러분이 하늘이라는 사실을 잊지 마십시오.

'정성'을 들여 살 구멍을 찾을 줄도 알고
그 '정성'에 감동받을 줄도 아는 여러분은 모두 하늘입니다.

그 하늘을 여러분이 가득 채우시길
'정성'이라는 하늘의 그물에 걸리는 하늘만한 큰 물고기가 되시길

항상
깊이 깊이 축원 드리겠습니다.

하얀 면티

스님이 막 되어서 2년 3년은 생각도 못 하는 일이지만
4년 5년 정도 시간이 되고
또 주머니 사정도 좀 녹녹해지고 주변 환경도 좀 느슨해지면서

승복 속에 받쳐 입는 하얀 면티에 목숨 걸었던 시절이 있었습니다.
온갖 회사 제품을 거의 다 섭렵하고…….
(섭렵한다는 것은 누구를 줘도 꼭 내 목의 땀을 묻혀 준다는 것입니다.)

면티의 질만큼 도가 당연히 높아질 거라고 그때는 스스로 자부했던
차입니다.
유일한 재산목록이기도 했지요.

그 하얀 면티가 진짜 꿈에서도 선물을 받을 정도로 저에겐 환상이었
습니다.

지금도
속에 받쳐 입는 스웨터나 셔츠 같은 것은 될 수 있으면 깔끔하게 입
으려고 합니다만
지나온 시간이 있어 예전 같진 않습니다.

이젠
많이 입어 낡아 헐거워진 면티가 훨씬 시원합니다.

새 면티는 사실은 두껍습니다.
더운 날 이렇게 목 부분을 손으로 잡아당기면
뜨거운 김이 모락모락 솟을 정도로 얼마나 더운지 모릅니다.

그 더운 걸……
괜히 제 멋에 스스로 멋있어 보이는 것 같아 십 년을 넘어서도 끼고
입었다는 거 아닙니까?

한 4년 5년 넘게 입어서 목이 많이 늘어진 면티를 삶아 널면서
이런저런 생각을 많이 했습니다.

무슨 일이든 양적인 일도 물론 중요하지만 그 질에 관한 문제는 특
히나 더 신중하게 짚고 넘어가려는 노력이 있어야 합니다.

젊음 뒤에는 늙음이
삶 뒤에는 죽음이라는 필연적인 자기반성의 시간이 있기 때문입니다.

그 반성의 시간은
새 면티가 해어져 몸에 꼭 맞을 만큼 낡아지도록까지의 시간만큼만
딱 새 면티가 낡아 꼭 맞게 되는 그때까지만의 시간이기 때문입니다.

몸에 맞게 낡아지도록까지 반성해 내지 못하면

그 반성은 이미 늙음과 죽음 앞에 한없이 무력한 면티가 되기 때문
입니다.

꼭 몸에 맞게 헐거워질 때를 맞추어
우리 영혼 또한 삶에서 함께 헐거워져 가고 있어야 합니다.

젊음과 삶을 주는 이유는
또 다른 형태의 젊음과 삶이었던
늙음과 죽음을
자신의 영혼에 꼭 맞추게 하기 위한 것입니다.

새 면티와 더불어 삶아지고 빨랫줄에 널리고 다시 땀에 절고
그러다 목도 늘어나고 구멍도 나면서 몸에 더는 부담이 가지 않을
만큼 낡아지는 것처럼

우리의 영혼도
늙음과 죽음 앞에 더는 부담이 되지 않도록 낡아져야 하는 것입니다.

그것이,
삶에서 낡아지는 것이

옳은 일이기 때문입니다.

우리의 미숙한 모든 의도가 영혼에게 꼭 맞는 일이 되어야 합니다.

그래야
편히 살 수 있기 때문입니다.

차[茶]와 영혼

차에
물을 부어 두고는
다른 일에 팔려 한참이나 후에
지나치게 우러난 차를 마시곤 합니다.

삶에
영혼을 부어 두고는
다른 일에 팔려 한참이나 후에
지나치게 소홀한 영혼을 가끔 마시곤 합니다.

그러나
지나치게 우러난 차나
지나치게 소홀한 영혼은 그다지 중요하지 않습니다.

지나치게 우러날 수밖에 없었기 때문이며
지나치게 소홀할 수밖에 없었기 때문입니다.
그래서 불평하거나 괴로워하지 않아도 괜찮습니다.

그 지나침을 통해

꼭
알맞게 달여진 차를 마시게 될 것입니다.

소중하게 길러진 영혼을 가슴에 젖도록 마실 수 있을 것입니다.

깊고 고요한 숨결을 향한 주문을 외워 두십시오.
여러분의 영혼은
반드시 그 자신의 주문대로만 영혼을 길러 낼 것입니다.

저는
지금 이 자리에서 수많은 어설픈 상황과
맞설 수 없는 무게에 대해서 느끼고 지나쳐 오고 있습니다.
그러나
불평하고 괴로워하지 않기로 마음의 주문을 외워 두었습니다.

꼭 알맞게 길러질 소중한 영혼을 위해서
저는 제 자신의 지나친 마음을 소홀히 하지 않기로 했습니다.

꿈

아시는 분은 아시겠지만, 저는 좀 모자란 것 같은 사람입니다.
그래서 그런지 꿈도 또한 팔 푼 정도 모자라게 가지고 삽니다.
어느 때고 여름이 되면
싸리울 안, 모깃불 타오르는 흙마당에 멍석 깔고
되는 대로 상추 뜯어다가 보리밥 해서
여러분과 저녁밥 먹으며 재미나게 노는 것이 가슴 설레는 제 꿈이며
희망사항입니다.

그때 우리 중에 누구도 헤어지는 사람 없이 모두 그 마당에서 뵐 수
있기를 소망합니다.

우리는 살면서 약속하지 않아도 됩니다.
적어도 우리만은 이 삶에서 약속하지 않는 말없는 그리움으로 살 줄
알아야 합니다.
그 그리운 것으로 다시
또 다른 삶의 모양을 짓는 것이 영혼입니다.

매일 밤 잠들기 전
"꿈에 부처님 한번 봤으면." 하고
혼자 중얼거리다 엎드려 자곤 합니다.

여러분 걱정하지 마십시오.

하늘이 짐을 줄 때에는
그 본인이 짊어질 수 있는 만큼으로 양을 정한다고 합니다.

저는 올 한 해도 모깃불 피어오르는 여름 마당을 잘 가꿀 것입니다.
멍석을 깔고 그 위에 시원한 바람을 들여놓아
그리운 그날이 오면
양푼에 보리밥 푸고, 상추 뜯어다, 고추장 한 숟가락에 썩썩 비벼
차마 말할 수 없는 그리움을 풀어 여러분과
하늘의 시간으로 마주할 것입니다.

그 여름밤에도 어김없이 잠들기 전
"꿈에 부처님 한번 봤으면." 하고
혼자 중얼거리다 또 엎어져 잘 것입니다.

사랑하는 여러분,
사는 것이 짐입니다.
올 한 해는 우리가 져야 할 모든 짐이 좀 더 기억할 수 있는 소중한
곳으로 내려와지길
항상
축원 드리겠습니다.

영혼의 향

가끔 늦은 시간 버스를 타고 처소로 들어오다 보면
붉게 노을 지는 시간을 타고 들어오게 되는 때가 있습니다.

지금 제 계획으로는
이 세상 떠날 때를 노을 지는 그 시간으로 일정을 잡아 두었는데
잘 모르겠습니다.

어느 아들만 두 분 계시는 분이 애들 걱정을 하시면서 어쩌면 좋겠
느냐고 하시길래
"아들들에게 노을 지는 하늘을 자주 보여 주세요."라고 말씀드렸던
적이 있습니다.

옛 어른들 말씀에도
아침으로 가시면 천수를 다하지 못하시는 것이고
저녁 해질녘에 가시게 되면 천수를 다하고 가시는 것이라고 들은 적
이 있습니다.

천수는 하늘이 내린 목숨이라는 말이지요.
그 하늘이 내린 목숨의 끝을 보는 겁니다.

죽음의 신이 죽기가 억울한 사람에게 말했다고 합니다.
"나는 당신에게 여러 차례 죽음을 경고하였소. 차츰 귀가 멀게 하고

차츰 눈이 멀게 하고 차츰 피부를 늙게 하고 차츰 숨이 가빠지게 하여
　이제 얼마 안 되면 죽음이 닥치리라고 나는 당신에게 여러 번 경고
하였지 않소?"

　다 살고 갈 수도 있고
　다 살지 못하고 갈 수도 있습니다.

　애들을 위해서
　노을 지는 하늘을 자주 보여 주세요.

　여러분 자녀를 위해 내가 해 줘야 할 것이 무엇인지 자주자주 생각
해야 합니다.

　그 영혼이 웅대해서
　항상 의미 있는 일에 가깝게 서 있는 영혼들이 되도록
　하늘의 경고가 가까울수록 자녀를 위해 해 줘야 할 일들에 대하여
생각해야 합니다.

　스승을 찾아 섬기는 일부터
　시작해야 합니다.

　부모의 숨결은 전부지만

스승의 숨결은 끝이기 때문입니다.

노을 지는 하늘을 통해 삶의 스승을 만나게 되도록 기도해 주어야
합니다.
전부는 부모가 주어야 하는 것이지만
삶의 끝은 스승을 통해서만이 의미가 되기 때문입니다.

세상이 한없이 혼란과 갈등을 더해 가는 때라 해도
삶이 들어 있는 세상에 혼란이, 그리고 갈등이 없을 리 없습니다.

혼란과 갈등이라는 세상 속에는 자녀를 향한 부모의 전부가 녹아야
만 합니다.
스승은 끝을 지키는 노을과 같은 것입니다.

그 노을 속에서 쉬어 가게 여러분은 자녀를 위해 길을 만들어야 합
니다.

시작될 신의 경고 속에서
진정 주고 가야 할 것이 무엇인지 생각해야 합니다.
어떠한 영혼을 피워 놓고 갈지 생각해야 합니다.

부모의 재물은 자녀의 영혼입니다.

신의 경고 앞에 자녀들은 각자 제물의 향이 되어 피어날 것입니다.

죽어서 가져갈 수 있는 것은
바로
여러분 자녀들의 영혼의 향일 뿐입니다.

올곧고 건강하며 함께 위로할 줄 아는 향이 되도록
지금
여러분이 해야 할 최우선의 길은

노을 지는 하늘 목숨 끝에 계신
스승을 찾는 길입니다.

살아 있는 새

옛날
어느 도가 높으신 스승님 아래로 아주 뛰어난 제자들이 스물일곱 명
이나 되었다고 합니다.
거기에 또 아주 모자라지 않지만
그 훌륭한 제자들에 비하면 한없이 떨어지는 또 다른 한 제자가 있
었다고 합니다.

어느 날
스승은 이제 갈 때가 얼마 남지 않음을 알고
홀로 그 수많은 제자 가운데 제일 모자라는 제자를 불러 법을 전수
하였다고 합니다.

난리가 났습니다.
그 훌륭한 제자들은 손에 몽둥이를 들고 그 모자란 사제를 찾고
또 스승에게 몰려가 거세게 항의하기 시작하였답니다.

어디 물려줄 제자가 없어서 그 덜떨어진 모자란 놈에게 법을 물려주
느냐고
그야말로 난리가 났다고 합니다.

스승은 한참 후에
모든 제자들 그리고 모자란 제자까지도 모두 불러 놓고

그 모인 스물여덟 명의 제자에게 살아 있는 새 한 마리씩을 나누어 주시면서 말씀하시길

"너희 모두는 지금부터 흩어져 살아 있는 이 새를 아무도 보이지 않는 곳에서 죽여 오라.
그런 후에 다시 법을 전수하겠노라."

스물여덟 명의 제자는 신이 났습니다.
뿔뿔이 흩어져 그야말로 아무도 신도 모르는 비밀스런 곳에서 하나 둘 새를 죽이기 시작했습니다.

어두워지기를 기다려
제자들은 하나 둘 다시 스승 앞으로 모여들기 시작했습니다.
그들의 손에는 모두 죽어 축 처진 새 한 마리가 어김없이 들려 있었습니다.

그런데 아무리 기다려도 그 모자란 제자가 나타나질 않는 것입니다.
모두 수군덕거리며 비웃고 있을 때였습니다.

그 모자란 제자의 손에는 아직 죽이지 않은 새가 파닥거리며 오히려 더 생기 있는 날갯짓으로 놀고 있는 것이었습니다.

그 제자는 자신을 향해 수군덕거리는 사형들의 틈을 지나
스승께로 나아가 두 무릎을 꿇었습니다.

"스승이시여, 어느 곳에도 신이 계시지 않은 곳을 저는 볼 수가 없었
나이다."
살다 살다 마지막 남는 문제는 삶에서 신을 보는 문제만 남게 될 것
입니다.

스물일곱 명의 훌륭한 제자들처럼, 아니면 그 모자란 한 명의 제자
처럼 신을 볼 수도 있을 것입니다.

여러분 삶의 스승 역시,
여러분 모두의 손바닥에 살아 있는 새를 한 마리씩 놓아 두고 아무
도 보이지 않는 곳에서
살아 있는 그 새를 죽여 오라 얘기했을 것입니다.

지금 우리는 모두 새를 몰래 죽일 비밀스런 자리를 찾아 헤매는 것
이 틀림없습니다.

우리 모두는 일반적으로
새를 죽여서야만이 돌아가는 삶을 살아왔을 것입니다.

죽여야 할 새를 살려서 돌아가는 길을 알지 못하기 때문입니다.

새는 여러분 각자의 영혼입니다.
그 영혼으로 신을 보아 잘 살려 돌아가야 합니다.

잘 살려 돌아가는 것이 삶의 스승이 바라는 여러분의 자리인 것입니다.
아까운 것 없게 자신을 기르고 아낄 줄 알아야 합니다.
수없이 수만 번 구정물에 손을 담가서라도 영혼의 새를 살려야 합니다.
내 뼈아픈 밥을 많이 해 먹여야 합니다.

누가 해 주는 뼈아픈 밥을 많이 먹어서 영혼을 시들고 고되게 할 것
이 아니라
내 뼈아픈 밥을 될 수 있으면 많이많이 해서 배고픈 이들을 위해 나
누어 먹을 줄 알아야 합니다.

그것이 영혼을 살리는 최우선의 길입니다.
조금만 살 만한 여유가 되면
벌써 마음 한쪽에는 뼈아픈 밥을 지을 솥을 걸고자 애를 써야 합
니다.

자신의 뼈아픈 밥이 영혼의 새에겐 양식이 되어 줄 것입니다.
그 모자란 한 제자는 훌륭한 스물일곱의 사형들을 위해 온갖 궂은일

을 마다 않고 해내었을 것이 틀림없습니다.

　삶에는 누구나 거의 뼈아픈 고통을 없을래야 없을 수 없게 되어 있
습니다.
　불평하지 마시고
　한탄하지 마시고
　스스로 가엾어지지 마시고
　마다 않고 지내 가야 할 것입니다.

　어느 날 스승은 우리 모두를 불러 새를 보자고 할 것입니다.
　거친 삶의 손으로 "여기요." 내보여 드리고 여러분은 영혼을 얻을
것입니다.

　귀한 곳을 스스로 귀하게 감추어 몰래몰래 간직해 사는 것은
　오직 영혼을 가진 이들만이 가능한 것입니다.

　가능할 수 있을 때 깊이 생각하고 간직할 수 있는 것은
　신을 보는 것만큼 참으로 아름다운 여러분 자신의 일입니다.

　살다가 살다가 마지막 남는 신의 문제 앞에
　살아 있는 영혼의 새로 꼭 우리 다 같이 만나게 되기를 기대합니다.

인연

"내 마음은 그게 아니었는데……."

그렇습니다.
내 마음을 내 마음대로 하지 못했던 것이 인연이라는 것입니다.

진심을 두고 진심껏 살지 못하는 것이 '중생계' 라는 것입니다.
이 마음과 또 다른 저 마음이 있어서가 아니라
진심을 두고 다만 진심을 다하지 못했기 때문에
이 세상은 천차만별로 벌어져 나타나게 되는 것입니다.

세상이 만들어지는 이유가
진심을 다하지 못한 그 자리에서 진심을 다하려고 만들어지는 것입니다.

정치인들은 정치에서
사업인들은 사업에서
부모는 부모의 자리에서
자식은 자식의 자리에서
연인은 연인의 자리에서

서로 진심을 다하지 못한 그 자리에서 진심을 다하기 위해서 만나는
것이

세상의 인연이라는 것입니다.

한세상으로 되지 않으면 다음 세상에서라도
우리가 진심을 다하기 위해 또 다른 인연이 되어 만날 것입니다.

'내 마음은 그게 아닌 것' 이 지극히 옳은 말입니다.
내 마음을 내 마음으로 풀어내신 분들이 바로 이치를 깨우치신 성현
들이신 것입니다.
내 마음이 내 마음이 되도록 사는 수밖에 없겠습니다.

지금의 인연이
여러분의 그게 아니었던 진심의 모습입니다.

가끔 질문을 받곤 합니다.
마음에 대하여
인연에 대하여
그리고 삶에 대하여

저도 사실은 그게 아닌 내 마음 때문에
많이 힘들고 고통스럽고 헤쳐 나가야 할 일들이 많습니다.

제가 아는 어느 분과 대화 중에

"보시기에 스님이라 걱정도 없고 편하게 보이시지요? 사실은 저도 차라리 죽었으면 좋겠다는 생각이 들 때도 얼마나 많은 줄 아세요?"라고 말씀드렸던 적이 있었습니다.

그렇게 말한 제 말이
진짜 어려운 당신에겐 상당한 도움이 되었다고 나중에 얘기하시더군요.

정말이에요.
생명은 모두 태어난 만큼 죽고 싶을 때도 있는 것 같다고 저는 생각합니다.

마음이나 인연, 그리고 삶에는 정답이 없습니다.

다만
내 마음이 내 마음이 되도록
수많은 진심 아닌 인연에서 단련시키고 훈련해야 하는 길밖에 없다고 생각합니다.

부처님께서도 이런 말씀을 하셨습니다.
"대개의 중생들은 근기와 욕망과 성품이 다르다."

그렇습니다.
우리는 각자 진심을 다하고 다하지 못한 수많은 부분들이 다르게 태
어난 것입니다.

형태는 똑같아 보일지라도
내면은 이 세상 그 어떤 생명과도 똑같을 수가 없는 것입니다.

스스로 깨어서 가야 합니다.
어느 부분에서 진심을 다하지 못했는지
스스로 깨어서 가야 합니다.

스스로 깨어서 가지 않고
깨이기를 바라는 것은 밤길에 두 눈을 질끈 감고 "어둡다.", "어둡
다." 하는 것과
다를 바 없습니다.

스스로 깨어서 밝히는 햇불만이
삶도 죽음도 훌쩍 뛰어넘는 자유의 햇불이 되어 줄 것입니다.

그렇게
진심을 다할 자리에 묵묵히 진심을 다하다 보면
내 마음이 내 마음인 한마음의 자신이 될 것이라 생각합니다.

온전한 시도

생사를 해탈한다는 것은 곧 다시 말해 자기를 안다는 것이다.
옛말에 적을 알고 자신을 알면 백 번 싸워 백 번 이긴다 하였으니
모름지기 생사를 해탈하고자 함에는 마땅히 생사를 먼저 알아야 할
것이다.

대저 생사란
자신의 가슴에서 떨궈 낼래야 떨궈 내지지 않는 듯한
이름할 수 없고 모양할 수 없는 형상 아닌 형상인 것이니

살아보지 않고 느껴보지 않고는
한 마디 한 느낌도 가져다 댈 수 없는
말 그대로 실전 체험의 자리라.

부처님께서 "내가 말함에 억지로 말한다." 하신 까닭이라.

흐르는 것을 전제로 할진댄
물병의 물은 차야만 흐르게 되어 있고
아이는 나이를 먹고 살아야만 노인의 형상을 갖추는 것이니
살 만큼 살아야 하며 느낄 만큼 느껴 본 후에 비로소 이를 수 있다는
것이다.

삶을 물려고 덤빌 것인가?

삶을 던진 그 던진 이를 물 것인가?

각자 대답해 보라.

당장 배고픈 이는 밥을 구하여야만 살 수 있고
우는 아이는 어미를 구해야만 울음을 그칠 수 있으며
빚을 져 삶이 노곤한 이는 빚을 갚은 연후에야 살아갈 수 있는 것
이니

지금 가장 시급히 구해야만 살아날 수 있는 것이 생사인 것이다.

생사에 가장 요긴한 것은 참고 기다릴 줄 아는 밑 없는 겸손함이니
현재 자신의 핍박과 고통으로부터 참고 기다리는 겸손이 없는 이는
물병의 물이 채 채워지기도 전에 엎는 이이며
살아 보지도 않고 노인이 되어 버린 아이와 같은 이인 것이니

마땅히
자신의 본시 길들이지 못하고 바르게 자라지 못한 오랜 삶의 허물을
스스로 작심하여 온전히 하고자 하는
본디 자신을 향한 땅 같고 하늘 같은 겸손한 기다림이 없다면
이번의 삶 또한 궁벽한 자신의 오만과 이기로 나아가는 것은 자명한
일이다.

대저 삶에서 무엇이 가장 귀한 일인가?

사람으로 태어난 이는 사람이 되는 것이 가장 귀하며
짐승으로 태어난 이는 짐승이 되는 것이 가장 귀하며
하늘로 태어난 이는 하늘이 되는 것이 가장 귀하며
땅으로 태어난 이는 땅이 되는 것이 가장 귀한 일이니

이미 지워진 일로 신세를 한탄하는 것은
더한 타락과 긴 고통만을 부르는 것이다.

숨이 끊어지도록까지
하고 하고 또다시 온전히 하는 그 자리가 해탈인 것이다.

수없는 세월 쌓아 온 허무한 내면을 향한
가장 분석적이고 체계적인 반격이 없고는

허무하지 않은 영혼의 본디 숨결을 되돌린다는 것은
과연 형체도 없는 망상의 모래 위에 해탈이니 열반이니 하는 빈집을
세우는 것과 같다.

우리의 삶은 맑은 유리병과 같아
그 병 속의 내용물로 빛깔을 아는 것과 같은 것이니

이 삶이 끝나 저 하늘로 갈 때에는
그 병의 빛깔로 하늘의 값을 다시 품수 받아
이어 또 다른 형태의 삶을 연결하여 살아가는 것이니

그 병의 내용물로 채워 빛깔을 내는 것은
다름 아닌 본인 자신

자신을 소중히 여겨 온전히 하고자 하는 지고한 정성이 없고는
넘치는 허욕과 자신을 상하는 오만으로 헛거품만 가득한 병을 이루
게 될 것이다.

부모가 가슴에 걸리는 자는 자식의 도리를 다하고
임금이 가슴에 걸리는 자는 신하의 도리를 다하며
아내가 가슴에 걸리는 자는 남편의 도리를 다하며
친구가 가슴에 걸리는 자는 친구의 도리를 다 하는 것이
생사해탈의 밝은 이치인 것이니

그 생사가 무엇이든 모양과 이름을 따르지 말고
선량한 자신의 의지를 굳게 하여 도리를 다하는 의지를 삼아야 할
것이다.

병에도 물이 차야 흐르듯이

떨궈 낼래야 떨궈 낼 수 없는 가슴의 고통에 이르러
몸과 목숨을 다하면
그 생사는 흘러 해탈의 넓은 바다를 이루리니

이 한 생을 인간답게 사는 것은 오로지 자신에게 달린 문제라.

이 삶은 오직 본인 자신만이 원천이 될 수 있는 것이니
각자 자신의 고통을 끌어넘에 천만 번 주의하여야 할 것이다.

이번 삶에서도 영혼을 향한 온전한 시도가 없이는
시간이 흐른 연후에
후회하고 후회해도 감히 닥치는 생사의 고통에 이를 것이 없으리니

부처님께서 이르시되
"스스로 어찌할꼬 어찌할꼬 하지 않는 이는 나도 어찌할 수 없다."
하신 바이니라.

가슴이 혼란으로 터질 것만 같아도
당장에 불안한 것이 숨이 끊어질 듯하여도
땅과 같이 참고 하늘과 같이 기다리면
그 끝에 이르러는

이르는 발길이 불국토인 것이니

스스로 참고 겸손하지 않는 이는
그 연속된 실수와 아만으로 어둡고 참담하리라.

금시에 공부하는 이들을 보면
애처로운 가슴 저림이 많다.
세상 살라.
공부할라.
세상과 공부가 따로인 듯하나
어찌 보면
세상 사는 게 또 공부에서 따로인 자리가 아님이니
그래도 그 헷갈리는 것이 공부의 근본이 됨에

헷갈리는 것도 없으면 기필코 정리되는 것도 없을 터
무릇 생명이 있는 모두는
다 하늘의 색을 띄워 사는 것이라
거기에 누군들 옳고 그름을 말할 수 있겠는가?

하늘이 가장 아끼는 색은
자기 영혼의 숨결을 온전히 하고자 하는 말 없는 겸손의 색이니

다만
혼신을 다해 겸손하고
도리에 앞서 수고를 아끼지 않으면

땅과 하늘이 하나 된 성심으로
축복하리니
다만 자신의 숨결이 하늘땅 위에 가장 귀한 줄 알라.

모든 문제와 혼란 앞에
두려운 살핌으로 픽픽거리며 돌지 않는 잔머리 굴려도
이미 스스로 맡아 감당해야 하는 시절의 운명에는
턱없이 자신을 황폐화시키는 고통의 유혹일 뿐이니

한바퀴를 돌리다 죽더라도
모름지기 영혼을 향한 가슴을 굴려야 하는 것이라.

자신을 어찌하는 것은 운명이 아니다.
오직
자신을 어찌하는 것은 본인 자신뿐이니
지금 성결한 소망으로 노력하고 돌이켜 반성해 나가면

서 있는 자리 자리마다 더없이 소중하리라.

생사를 해탈한다는 것은
영혼을 미끼로

하늘이 우리에게 던진 운명이니

영혼을 소중히 여기라.
한 모금의 물도 넉넉히 갈라 마실 것이며
한 수저의 밥도 배불리 갈라 먹을 것이니
스스로 믿는 바에 조금도 근심하고 두려워하지 말라.

점점히
그러하면

다시 또 이 세상에서 불국토 향한 발걸음을 지으리라.

착한 벗

차를 여러 잔 먹다 보면 상당히 바빠지곤 합니다.
화장실을 연거푸 가야 하기 때문입니다.

여러 번 먹고
여러 번 보고
여러 번 하는 일에서

익숙한 길을 만드는 것은 당연한 일입니다.

지옥에 가면
지옥 나졸이 이루 말할 수 없는 처참한 형벌을 많이 준다고 합니다.
저는 지금도 가끔
혀를 뽑는 형벌을 생각하고 준비하려고 혼자 될 수 있는 한 혀도 빼
보고
뜨거운 물에 빠뜨린다는 형벌을 생각하고는 뜨거운 물 속에 들어가
보기도 하고
불에 달군 쇠꼬챙이로 찌른다는 말에 날카로운 뭐 어떤 걸로 찔러
보기도 하고

여튼,
열심히 나름대로 지옥 갈 준비를 가끔 해 보곤 합니다.

똥물 지옥도 있다는데…….

그 지옥 나졸에게
"왜, 이렇게 심하게 영혼들을 다루느냐?"고 물으면

그 지옥 나졸이
"이번 한 번만 기회를 주시면 정말 가서 인간 되어 오겠습니다." 하
고 울면서 매달리는 인간을
"혹시나?" 하고 아침밥 막 먹으려는 때 면죄해서 기회를 줘 보내면

아침밥 다 먹기도 전에 이 세상에서 만신창이가 되어서 다시 돌아와
또다시 한없는 고통을 받는다는 것입니다.

그래서 다시는 지옥엘 오지 않게 하려고 잊혀지지 않을 만큼 심한
고통을 줄 수밖에 없다는 것입니다.

지옥 나졸이 아침밥을 다 먹기도 전에
우리는 이 세상에 왔다 간다는 것입니다.

고통스럽게 하지 않기 위해서 고통을 주게 된다는 것입니다.

여러분, 어떻게 생각하십니까?

우리를 막 보낸 지옥 나졸이 밥숟가락을 들고

"저거, 저거…… 쯧…… 쯧." 하며
우리를 지켜보고 있을 것입니다.

여러분 가운데서도 저만큼 자신 없는 분은, 저처럼 가끔이라도 연습
해 두세요.

이렇게
여러 번 먹고
여러 번 보고
여러 번 하는 일에서 모든 형태의 길은 익숙해지는 것입니다.

삶의 길도 그와 마찬가지라고 생각합니다.
익숙한 길을 어느 방향으로 선택하고 절제해 나가느냐가 중요합니다.

습관을 들이는 것은
삶에서도
영혼에서도
지극히 필요한 부분입니다.

습관을 들이는 그대로 익숙한 길이 되기 때문입니다.

스스로 착한 벗이 되어야 합니다.
영원한 습관이 되도록
참고 견뎌 낼 줄 아는 대견한 영혼이 되도록 착한 벗이 스스로 되어
주어야 합니다.

고통이 하나가 있으면
하나만큼 더 일찍 깨어야 합니다.
고통이 둘이면
둘만큼 더 일찍 깨어야 합니다.
고통이 셋이면
셋만큼 더 일찍 깨이려고 하는 것이 착한 벗의 모습입니다.

고통의 수만큼
하나만큼, 둘만큼, 셋만큼으로 나태하고 처지는 것은
고통을 향해 가는 아주 빠른 삶의 습관이 될 것입니다.

아침밥을 막 먹으려는 때 탄원해 얻어 받은 우리의 이번 삶입니다.
지옥 나졸이 아침밥을 거의 먹을 무렵

그 무렵 대충으로라도 대견한 영혼이 되어야 하지 않겠습니까?

스스로 길들이지 못했던 습관에 대해서
받게 될 고통을 미리 연습하고 걱정스럽게 지켜보는 것보다는

가야 할 때가 언제이든
지금.
착한 벗이 되어 영원의 길에 익숙해지는 것이 훨씬 용기 있는 일이
될 것입니다.

지은 허물이 많을수록
겸손해야 합니다.

누구에게든
자신의 허물을 아는 누구든
알지 못하는 누구든

겸손해야 합니다.

그렇게 착한 벗이 되어 겸손해지는 때가
지옥 나졸과 대충 엇비슷하기라도 하는 때이기 때문입니다.

제가 공부하는 동안

제가 공부하는 동안 세상에 있겠다는 분이 계십니다.
제가 공부하는 동안
당신은 세상에서 돈 벌어 맛난 것도 부쳐 주고, 좋은 것도 변변치는
못하지만
보내 준다는 분이 계십니다.

"아무래도 생각 잘못한 거라고 내가 언제 사람 될 줄 알고 세상에 남
으려고 하느냐?"고
극구 만류하고 설득하지만

달밤이면 달이 훤히 내다보이는 언덕 높은 곳 곧 힐릴 집에
"좋다." 하고 사시는 분이 계십니다.

저는 그분을 위해
눈 많은 추운 겨울, 감기에 걸렸을 때
'따뜻한 오미자' 한 잔 타다 드린 기억밖에는 없습니다.

'기꺼이' 그 한 잔 차에 가슴을 주신 것입니다.
그 가슴이 저에게 얼마만큼의 부분을 차지하고 있는지는 아직도 저
는 알 수 없습니다.

'기꺼이'

166

살아 낼 수 있는 약속이 되어 있었을 것이라고 생각합니다.

지금도 가끔 통화를 하게 되면
저는 심하게 '뻥'을 쳐 대곤 합니다.

"이제, 거의 다 됐다"는 둥
"커서 효도하겠다"는 둥
"죽어도 안 잊어먹고 꼭 만나겠다"는 둥
등등 가슴에 떠오르는 대로 '뻥'을 쳐 대곤 합니다.

뻥을 치든 말든 그분은 상관도 않으십니다.

시간 조금 나면 깊이 생각할 것입니다.

"내가 누구인지."

내가 누구인지 그 끝에서
저 또한 '기꺼이' 가슴을 던질 영혼이 되고 싶습니다.

아마 내일 그분이 보내시는 '맛난 것'이 택배로 오지 않나? 생각합
니다.

부끄럽습니다

기도 중에 가만히 생각해 보니,
내가 죽어 저승에 가도,
저 하늘의 깨끗한 영혼들 앞에,
담담하게 설 수 있겠나 하고 더듬더듬 살펴보니,

남의 가슴도 많이 아프게 했고,
못할 말도 너무 많이 했고
혼자만 아는 양, 잘난 체도 많이 했고
도대체가 죄 없는 하늘에서는 너무 먼, 쓸데없는 짓만 많이도 했습니다.

지옥이 두려운 게 아니고

내 스스로가 내 자신에게
말없는, 깊은 침묵 속에,
고요한 영혼의 따뜻함으로 길들여 주지 못한 것이
참으로 부끄러웠습니다.

그렇습니다.
우리는 서로 깊은 침묵의 지혜로 따뜻해져야 합니다.

이제는 '또' '다시' 라는 반복할 수 있는 시간이 없습니다.

종교를 따지고, 서로의 성격을 파악하고
거기에 더 옳고 그름으로 주절거릴 시간이 없습니다.

당신만 가십시오.
살아서도 지금처럼 당신에게 소중한 것이,
죽어서도 당신에게 그처럼 소중할 수 있도록,
거짓 없는 순박하고 깊은 영혼의 존재로,
당신만 가십시오.

수많은 절을 다니고,
수많은 스님을 안다 해도,
말없는 침묵으로 깨어 있는, 따뜻한 영혼이 없고는
언젠가,
우리는 '또' '다시' 부끄러울 수 있습니다.

그렇지 않겠습니까?

하늘의 덫

"가신들이 쌀밥을 먹거든 너는 현미나 보리밥을 먹어야 한다.
가신들이 아침에 일어나거든 너는 새벽에 일어나거라.
다음에는 너를 매 사냥에 데리고 가서 몇 리나 걸을 수 있는지 시험
하겠다.
체력도 가신보다 앞서야 하고 분별력도 가신보다 뛰어나야 한다.
인내심도 절약도 가신을 능가해야 하고
자비심도 가신보다 많아야만……

비로소 가신들은 너에게 반하고 너를 존경하여 곁에서 떠나지 않게
된다.
알겠느냐, 이러한 대장으로서의 수업을 엄격히 해 나가야 한다."
―도쿠가와 이에야스

아침으로 차를 마시다가
잔에 남아 있는 차를 눈대중으로 한 모금이면 되겠다 생각하고는 머
금었다가 한 모금이기에는 많고 두 모금이기에는 적은 양이라는 것을
알면
나누어 두 모금으로 마시기를 지금까지 여러 차례 경험하고 있습
니다.

우리는 나태하고 버릇없기가 이를 데 없는 영혼들입니다.
엄격할 수 없는 방종과 오만과 이기가 남아

잠시도 스스로에게, 또는 삶 앞에 엄격해지는 반성과 후회는 없이
 늘 알지 못하는 동경과 탐욕에 놀랍게도 아주 잘 길들여져 있는 것
입니다.

 위의 글은 일본의 '도쿠가와 이에야스' 님이 아들을 양육하면서 던
진 말입니다.
 내 자신에게 그리고 자신의 자녀들에게 엄격한 삶의 수업을 전해 주
지 않는다면
 그것은 스스로 자신을 알아내지 못하는 영혼의 무지라고 표현할 수
밖에 없을 것입니다.

 삶을 두고 삶을 살아 내지 못하는 어리석음은 여러분 자녀에게 전달
되어질 것입니다.
 전달된 어리석음은 또한 겸손치 못한 수많은 생명을 잉태해 갈 것입
니다.
 여러분이 죽고 난 후의 계획을 세워야 합니다.
 살다 가면 그만인 삶이 아닙니다. 삶은 영혼과 영혼을 통해 이어 가
게 되어 있습니다.
 이 세상에 길들여진 대로 우리는 어리석음을 이어 끝없이 살아야 하
는 것입니다.

 어리석지 않다는 것은 그 바탕이 '바름' 에 의지해 설정되어야 합니다.

인간은 인간다움에 한 생을 모조리 소비해야 합니다.

인간을 두고 인간다움에 실패하는 가르침은 여러분 대를 잇는 삶의 어리석음을 초래하게 될 것입니다.

한 알이라도 진정한 삶의 바른 뿌리가 될 수 있는 엄격한 영혼을 향한 가르침을 시작하지 않고는 우리는 죽음으로부터 고통스러울 것입니다.

반드시 영원한 가치로 살 때까지 살게 되어 있는 것이 바로 이 삶의 법칙이라는 것을 기억해야 합니다.

삶의 법칙에 귀 기울일 줄 아는 사람은 흔치 않습니다.

삶의 법칙을 이해하기까지

우리는 수도 없이 헤어지고 도난당하고 버림당하고 잊혀져 갈 것입니다.

아무렇지도 않게 우리는 하늘로부터 외면당하게 될 것입니다.

외면당하기에 앞서 엄격한 수업을 지내 오지 못했기 때문입니다.

가슴 가득한 고통은 '질' 보다는 '양' 에 늘 속고 친밀하고자 했던 잘못 교육된 여러분 자신의 선택이라고 할 수 있습니다.

삶에는 '이 정도면……', '이만큼이면……' 의 한계가 없습니다.

172

'그만둘 때까지', '다 살 때까지' 살아가는 것입니다.

어려운 일입니다.
살아간다는 것은 어려운 일입니다.

우리가 어려운 때 삶에 당황할 때 어김없이 하늘은 숨을 죽이고 우리를 주시할 것입니다.
"어떻게 살아 내는지", "어떻게 이겨 내는지"
우리의 모든 숨소리 하나 놓치지 않고 하늘은 수천 군데도 넘게 덫을 놓아 둘 것입니다.

덫이라고 생각이 들 때마다
이것이 고비라고 생각이 들 때마다
살아가는 것이 어려울 때마다

엄격한 수련을 일깨울 수 있는 여러분 자신의 '스승'이 필요한 것입니다.

덫에 걸리기 전에 먼저 덫을 놓고
고비가 오기 전에 먼저 고비를 맞는 위기를 느낄 때
살아가는 것이 어려워지기 전에 먼저 어렵게 살아가는 겸허함을 일깨워 줄

자신의 스승이 필요한 것입니다.

아무 도구 없이도 나아갈 수 있어야 합니다.
아무 바람 없이도 나아갈 수 있어야 합니다.

'다 살 때까지' 묵묵히 살아 내 보일 때
하늘의 덫은 걷히어 영원한 생명이 되어 줄입니다.

한 번 인내하고, 다시 두 번 인내하고, 그러다 세 번 인내합니다.
인내가 습관이 되어, 네 번 인내하게 되고, 버릇이 되어 다섯 번 인내할 줄 아는
영혼이 되어 갈 것입니다.

한 번 '하다가'
다섯 번 '할 줄 아는' 영혼만 되어도 모든 하늘은 열리기 시작할 것입니다.

벌써 '알 수 있는 가치를 갖춘 영혼'이 되었기 때문입니다.
느끼는 영혼이 시작되면서는 자신의 삶을 자신의 영원한 느낌으로 살아가기 때문입니다.
변질되지 않는 올바른 영혼을 가졌기 때문입니다.

삶은 수련되지 못하고 주의하지 못한 자신의 오랜 시간을 뭉쳐 둔 '느낌의 통로' 라고 합니다.

소중한 '자신 속의 자신' 을 느낄 줄 알게 되는 때 비로소 '통로' 는 '생명' 이 될 것입니다.

그 생명 속에서

우리는 잘 수련된 생명의 씨를 뿌려 영혼의 알뜰한 열매를 따 내어 흐를 것입니다.

이 세상에서 저 세상으로 끝없는 소망과 바른 염원의 숨결을 향하여 흐르게 될 것입니다.

다시 생각하여도 삶은 지나치게 어려운 덫입니다.

우리는 함께 덫을 지나야 하는 소중한 가슴들입니다.

덫을 지나가며 흘리고 울었던 아픔은 '느낌' 으로 변해 가리라 생각 합니다.

스스로를 엄격히 수련시키지 못하면

우리는 그 어느 곳에서도 열매를 거둘 수 없을 것입니다.

한 번 지나간 뒤에는 다시 연거푸 얻을 수 있는 시간들이 아닙니다.

지나가서 다시는 되돌려주지 않는 것으로 우리에게 남은 생명을 주 의시킬 것입니다.

절대로 자신을 느낄 수 없는 '방종의 통로'에 방치해서는 안 될 것
입니다.
삶은 반드시 자신만이 혼자의 힘으로 거쳐야 할 느낌의 통로이기 때
문입니다.

언젠가는
너털웃음을 치며 모든 느낌들을 풀어헤쳐 벌여 놓고 앉아
형편없이 초라해진 느낌, 보기 좋게 갖추어진 느낌, 다 해어져 죽은
느낌, 이제야 생기가 도는 느낌, 등등의 모든 느낌을 풀어놓고

뿌듯하게 하나하나 설명하고 사진첩에 끼워 둘 그날도 있을 것입니다.

아무리 덫이 많아서 헤아릴 수 없이 고통스럽더라도
다 지내어 숨 가쁘게 뿌듯한 날이 누구에게나 반드시 있을 것입니다.

언젠가는 반드시
다 지내어 뿌듯한 날이 있는 것도 또한
삶의 법칙이기 때문입니다.

수십만 번 다시 시작되었을 삶입니다.
몰라서 느끼지 못하고 있을 뿐

지금 살아가는 것은 수십만 번 다시 시작되고 있는 수십만 번째의
수업입니다.

　알아듣지 못하고 느끼지 못하면
그야말로 우리는 '느낌의 통로'에 갇힌 삶의 바보가 되고 말 것입니다.

　자신을 정양시키는 일에
엄격히 수련해 나가는 일에

　모든 것을 걸어도 괜찮은 느낌이 되리라고 저는 생각합니다.

하얀 치자꽃 한 송이

하얀 치자꽃 한 송이
저 말고,
저를 아주 사랑하는 가슴이 온 방 가득 은은히 채워 두셨습니다.

한 며칠
끊이지 않는 걱정으로
자지도 먹지도 못하고

스스로 "내 운을 시험한다."고 맘먹고 일어났습니다.

막 출가해서 머리를 깎았을 때
부처님 전에 절하며 부처님과 묵계를 가졌었던 적이 있습니다.

"부처님, 제가 출가해서 뭔가 할 일이 있는 사람이면 스님이 되게 하
시고
그럭저럭 살다 갈 사람이면 그냥 엄마 따라가 평범하게 살게 해 주
십시오."라고.

평생을 두어도 아무 말씀 없는 부처님과 제 스스로 계약을 맺었던
것입니다.

스님이 계속될 수 없었던 몇 번의 일을 거치고도

아직까지 스님인 걸 보면
"뭔가 해야 할 일이 있나?" 하고 생각해 보지만

그것이 참으로 우스운 일입니다.

이 세상은 온전히 '나' 인 까닭으로
누구를 위하여 할 일이 있는 것 같은 소명은 참으로 알지 못하고 겸손치 못한 실수이기 때문입니다.

부처님께서는
이 세상에 있는 사랑 가운데 가장 큰 사랑은

'내 사랑' 이라고 말씀하셨습니다.

스스로를 너무 사랑하기 때문에
'나' 에 관계된 주위의 모든 인연에 대해 애를 끓이는 이유가 되는 것입니다.

저는
제가 실수가 될 적마다

수많은 타당성, 그리고 당위성, 한없는 자괴심과 더불어 스스로를

엄청나게
  속이고 꾸미고 말할 수 없는 위선으로

제 자신을 그러한 상황에서 교묘히 빼내려고 했던 적이 많습니다.

  지금도
  여차하면 속이고 교묘히 빼낼 궁리에 이루 헤아릴 수 없을 만큼 길
이 들어 있습니다.

  부처님께서 "중생을 위해서……."라고 하시면
  가슴에 눈물이 나지만

  제가 "고통 받는 중생들을 위해서……."라고 하면
  "이거 이러다 벌 받지 않으려나?" 하는 생각이 듭니다.

  우리가 누구를 위할 수 있는 길은 어디에도 없습니다.
  누구를 위한다는 것은

  바로 여러분 자신을 위하는 길임에 틀림없기 때문입니다.

  남몰래
  새벽으로 기도하는 것도

남몰래
더 값진 삶을 위해 매진하는 것도
남몰래
불우한 이웃을 살피는 것도
남몰래
영혼을 위해 겸손한 것도

모두 스스로 아직 알지 못하는 또 다른 자기 자신을 위해 하는 일임이 틀림없습니다.

부처님과 제가 스스로 맺었던 말없는 계약은
제가 부처님이 되기 전까지 몇천 생이라도 계속될 것입니다.

제가 제 자신에게 스스로 쓸모 있고 뭔가 할 수 있는 사람이 될 때까지 기억될 것이기 때문입니다.

여러 차례의 실수와 거듭되는 미숙함에서부터
서서히 성장해 가리라 믿습니다.

나를 사랑한다는 것은
이 세상에서 가장 값있는 일이 될 것입니다.

제가 아닌,
나를 가장 사랑하는 가슴이
채워 둔 온 방 가득한 치자꽃 향은

제가
앞으로 더 진지하게 사랑해야 할 또 다른 제 자신을 위한
'사랑' 이 되어야 한다고

약속합니다.

영원의 강

가슴만큼 세상이 됩니다.
누가 뭐래도 여러분의 가슴만큼 세상이 되는 것입니다.
영원이라는 흐름으로 애를 태우는 가슴만큼 세상이 되는 것입니다.

가슴 저 밑바닥 끝에서 영원의 강은 흐르고 있습니다.
말없는 기도가 필요합니다.
지금껏 자신이 내뱉은 수많은 말을 삭일 수 있는 말없는 기도가 필
요합니다.

여러분의 눈물은 영원의 강으로 돌아가야 할 부분입니다.
가슴 저 밑바닥의 끝인 영원의 강으로 돌아가야 할 영원의 부분이
여러분의 눈물입니다.

말없는 기도가 필요합니다.
홀로 깨어 울 수 있는 가슴의 말이 필요합니다.

숨길을 찾지 못한 가슴은 언젠가는 아프고 지치게 되어 있습니다.
홀로 깨일 수 있는 시간이 언제인지 알아야 합니다.
세상을 툴툴 털고 홀로 울 수 있는 때가 언제인지 자신은 알고 있어
야 합니다.

영원의 강에서 세상을 삭여 가슴이 숨을 쉬게 해야 합니다.

그 가슴의 숨결에서 여러분의 자녀가 자라날 것이기 때문입니다.

부모의 가슴만큼 자녀는 세상과 똑같이 자라나게 되어 있습니다.
말없는 부모의 기도만큼 여러분의 자녀는 세상을 갖게 될 것입니다.

자신의 세상을 툴툴 털어 깨어야만
부모의 세상을 자녀가 받을 것이기 때문입니다.

이제는 가야 한다고 생각해야 합니다.
내 세상을 덜어서,
내 영원의 강물을 돌려서,
내 말없는 기도를 남겨서,

숨결로 자녀를 세상 속에 깨우고
우리는 가야 한다고 생각해야 합니다.

여러분 없이 자녀에게 남겨질 세상이
고통이 아니도록, 절망이 아니도록, 혼란이 아니도록

빛 같은 영원의 가슴이 되도록
우리는 이제 말없이 기도할 줄 알아야 합니다.

영혼의 통로

옛날
어떤 비구스님께서 수행을 깊이 못 하시고 돌아가시게 되었다고 합니다.

스님은 돌아가시면서도
"아이고, 내가 죽어서 다시 사람 몸 받지 못하면 어쩌나……." 하고 걱정을 무지 하셨답니다.
그런데 다행스럽게도
아주 가난한 촌 어느 동네에 한 농부의 딸로 태어나시게 되었답니다.

그런데 이상하게도 그 농부의 딸은 좀 걷고 말하게 되면서
날마다 아침이면 삽짝문에 나가 두 팔을 치켜들고
"만세, 만세, 만세." 하더라는 것입니다.

그 아버지가 하도 이상해서
딸에게 그 연유를 물으니

"수행이 깊지 못해 사람 몸 받지 못할까 얼마나 고심했는데
다행히도 이제 남자의 몸은 아니나 여자의 몸으로라도 사람 몸을 받았으니
그 기쁨이 너무 커서 만세를 부르는 것입니다."라고 대답하더라는 것입니다.

우리도 아마 저번 삶에서 죽을 때 무지 걱정했을 겁니다.
"이번 삶이 깊지 못해 인간의 몸을 받지 못하게 되면 어쩌나……."
하고 말입니다.

다행히도
여자의 몸이든 남자의 몸이든 다행스럽게도 사람 몸을 받았으니 빈
부귀천을 막론하고
아침이면 대문에 나가 만세를 불러야 할 것입니다만

지금. 여러분은 어떠십니까?

한 번만 더 사람 몸 받게 해 주시면 정말 귀한 시간 담아 오겠다고
얼마나 많이 후회하고 걱정하며 탄원했겠습니까?

사람 몸이란 영혼의 운동장과 같습니다.

몸을 통해
마음껏 뛰어놀고
마음껏 단련하며
마음껏 사색할 수 있는 영혼의 운동장과 같은 것입니다.
사람 몸만큼 영혼이 자유로울 수 있는 하늘과의 통로가 없습니다.

그 통로를 통해
지극히 완전한 영혼을 정양시키고자 하는 것입니다.

우리가 이 세상에 온 것은 다른 이유가 있을 리 없습니다.
태어난 것만으로도 세포마다 가득 담아 온 영혼을 통해 먼젓번보
다는 좀 더 훌륭한 영혼으로 기르고자 이 세상에 몸을 받아 오는 것
입니다.

마음껏 뛰놀 수 있는 운동장에
풀이 자라고, 돌이 구르고, 고철더미가 쌓이고, 말할 수 없는 적막함
만 두면 옳지 않습니다.

새벽이면 부지런히 뛰어도 주고
새봄엔 예쁜 꽃씨도 뿌려 주고
한여름엔 시원한 그늘을 위해 큰 나무도 심어 주고
가을엔 달을 담을 수 있는 연못도 만들어 주고
겨울엔 흰 눈 가득 받아 내리는 싸리울도 쳐 주어야 합니다.

그 속에서
당신의 못 다한 영혼은 두려움 없는 하늘을 향한 통로로의 영혼을
갖게 될 것입니다.

사람에게는,
영혼에게는,
가난하고 부자이고 천한 계단이 있을 리 없습니다.

그러나
스스로의 가슴에 가꾸어지지 않은 삶의 운동장에는
가난하고 부자이고 귀하고 천한 계단이 분명하게 설 것입니다.

훌륭한 영혼은
태어남만으로도 충분히 삶의 운동장을 가꾸어 갈 것입니다.

다시,
영혼의 통로를 거두어 돌아가게 되더라도 충분히 기쁜 소망을 이룰
것입니다.

저도
이제 아침이면 삽짝문에 나가 만세를 부르고자 합니다.
제 영혼의 운동장에서 수많은 영혼이 마음껏 뛰어놀 수 있는 자리를
만들기 위하여 만세를 부르고자 합니다.

사람의 몸은 자신의 가슴과 맞닿아 있는 영혼의 통로입니다.
그 통로를 통해 깊어지는 노력이 없고는 다시 애걸하게 될 것입니다.

애걸하는 자리에는
반드시 가난과 부, 귀하고 천한 계단이 정해지게 될 것입니다.

태어난다는 것이
마음대로 살라는 것이 아닙니다.

잘 가꾸어 보기 좋은 영혼의 통로를 일구라는 것이라고 저는 생각합
니다.
다행히도 아직까지는 애걸 뒤에 통로를 받기는 하였으나

다시는 열리지 않는 가슴 아픈 통로가 될 수도 있습니다.

그리하면……
그리고
이만하면……

우리는 사람 몸을 통해 충분히 감사할 수 있어야 합니다.

그리하면……
그리고
이만하면……
자신 영혼의 통로에 깊이 감사할 줄 알아야 합니다.